柘文同鄉教正

黎錦揚

十二十三

二〇〇二

Manchu Gown Lady

旗袍姑娘

破冰之旅

——黎錦揚寫作的雙語世界

瘂弦

從人類文明發展觀察，世界上似乎只有我們中國人才有像華僑這樣根深蒂固的傳承，它在悠遠的華族歷史長廊中熠熠生輝，成為人類群體文化、倫理生活的二個特例。

外國移民到了一個新地方，不出三五年就歸化當地了。只有中國人、華僑、華人或華裔，儘管因僑居地的不同，為適應客觀環境而有不一樣的稱謂；但黃皮膚黑頭髮黑眼睛，炎黃子孫無論走到天涯海角，都是一樣的血液一樣的心，一代一代地都是「華僑」！那條強韌的民族臍帶，似乎與生俱來，永遠與每個人遙遙相繫，而對母土的歸屬與認同，早已成為雖苦亦甘、無怨無悔的宿命了！

在文學的表現上，同樣也形成特例。其他國家的文壇，很少像我們擁有那麼多的海外作家，這些留駐國外的華人作家不管走到那裡，都堅持用中文寫作，有些在當地創辦中文報刊建立華人文壇，有些參與中國的文學活動，把自己的重要發表或出版活動都放在中國。白先勇、聶華苓、鄭愁予、楊牧、於梨華等是最好的例子。還有一些華人作家雖以外國語文為寫作工具，直接進入所在國文壇，但所寫的仍是中國題材、中國事物。如幽默大師林語堂，自號「啞行者」的蔣彝等人均是。近十多年，這種情形更為普遍，新人新作如雨後春筍，儼然形成一種文化氣候，引起世界文壇的注目。

特別是美國年輕一代的華美作家，如湯亭亭《女鬥士》、譚恩美《喜福會》、徐忠雄《基地》、劉愛美《臉》等，他們的英文作品，活躍美國出版界，得到很高的文學評價，並且還創下暢銷紀錄，這是過去所少見的，他們為世界華人文學打開更新的局面，預示了更多不同的可能，令人振奮。

雖然，以英語為工具的華美作家以破冰之姿打進了壁壘森嚴的英美文壇，但回顧過去半個世紀，華美文學的成長卻並不平順，其發展的歷程極為艱辛曲折，幾乎每一階段都受到生存環境的壓制、干擾，但華美作家們並沒有因為自身的羸弱和外來的摧殘而夭折，反而愈挫愈勇，衝破萬難，就像一顆顆堅強的種子，在異邦的土地上生根發芽茁長，終於綻放出我華族另類文學的花朵。

在華美文學發展的途程上，有兩件大事具有歷史轉折的意義，一是林語堂《吾國與吾民》（一九三五）和《生活的藝術》（一九三七）的出版，轟動西方讀書界；一是黎錦揚小說《花鼓歌》（一九五七年出版，後被改編為舞台劇）在百老匯上演成功。這兩件事，對於華美文學的成長產生了極大的助燃作用。因此，如果我們說林語堂和黎錦揚是華美文學拓荒隊伍中的兩個急先鋒和領唱人，也並非虛譽。

黎錦揚生長在文風鼎盛的湖南湘潭書香世家，祖父是舉人，父親是秀才，幾位兄長如黎錦熙、黎錦陣、黎錦明、黎錦光都是文化音樂方面的俊偉之士。他幼承庭訓，培養了堅實的國學基礎，一九四〇年西南聯大畢業後，他還在雲南邊區芒市工作過一段時間，由於這樣的背景，他的中國生活經驗十分深厚，雖然他的國學修養非常之好，但他一直沒有用中文寫作，這不能說不是一種遺憾。

《旗袍姑娘》是黎錦揚以中文所寫的第一部短篇小說集，令人驚奇的是，雖然他與中國語文睽違半世紀之久，但他的中文不但沒有荒廢生疏，而且得心應手，揮灑自如，其靈活的程度，就是與經常用中文寫作的作家相比也不遑多讓，這實在非常難得。

《旗袍姑娘》有一個共同主旨，那就是企圖展現美國華人在客觀環境影響下與主流社會逐漸融合的各種樣態，通過人物與事件，凸顯華人性格中自適與親和的一面。黎錦揚對現實的觀察縝密而深刻，一反此一類型小說慣用的敘事模式，而以安靜、溫煦的筆觸，點出今日大多數華人對所處的社會認同的新取向，也暗示了華族移民歷史轉折的意義。這一點非常重要。事實上，美國經歷了第二次世界大戰、韓戰與越戰，其國家的主客觀形式都產生巨大變化，今日北美地區華人生活儘管有不少新的困難，但較之過往，實不可同日而語。美國朝野對移民的態度趨向寬厚與容納，大大消滅了所謂「大熔爐」的矛盾，因此許多人覺得，過去華文文學常見的那種「病弱的唏噓、蒼白的凝望」(艾青語)不宜再去重複，代之的應該是表現華人社會族群意識的升揚、潛能的開發以及生活態度的自矜與安詳，這個新的轉變，已然演繹為一個時代的特徵。黎錦揚率先、準確地反映了此一特徵，可謂目光如炬。

在敘述的形式上，作者沒有採用大河小說的史詩型構，較大規模地追溯華人生活集體的歷史記憶，這並不是說作者對表現博大的題材缺乏信心，而是他希望以短篇小說可分可合的「故事集」，拼貼出族群生活的共相。整體的筆調是輕鬆的、幽默的，雖是如此「低調」，但同樣也可以不落言詮地扭轉過去被主流社會強加在華人頭上惡質的刻板印象，其實，這何嘗不具有歷史修訂的意義？黎錦揚的文化使命感於此隱然可見。小說的功效雖是和風細雨，但也可潛移默化地喚起讀者對母土文化的孺慕之情，從而引發民族的感思。如果有人因為他作品中少見壯言慷慨的言詞，而斷定黎錦揚只是個寫逗趣故事的作家，那就錯了。

另外，這本小說最重要的藝術成就是人物塑造的成功。人常說，使一篇小說站起來的重要支撐在於人物，創造人物是小說創作的基本功，只有精準地掌握到人物的性格，才能編織情節的線索，釀造戲劇的張力，而作品的主題意識，也得以顯豁和升華。黎錦揚深得個中三昧。他創造人物的秘訣是一切從現實出發，從人們見得最多、最熟悉、最接近的臉譜中去進行取樣，表面上看似漫不經心，隨意採擷，事實上卻有他的心機在。他小說中的主人翁，不是豪門大宅的富商名流，也非浪漫傳奇中的才子佳人，而是日常生活中的一些小人物，這些人在街頭巷尾隨處可見，他們可能是你的朋友、你的鄰人，由於如此臨近，如此「家常」，所以特別親切，特別富有生命的實感和生活的趣味。在他筆下像這樣的人物層出不窮，每一種人物都有不同的音容笑貌，形象鮮活，令人目不暇給。不像有些作者「千部一腔，千人一面」，人物薄如剪紙，幾篇作品攤在一起，讀者看到的只是同一個模糊的影子，要不就是原地踏步，人物一再重覆，推不出新的典型來！

這些血肉豐滿、神形畢肖的人物形象，都是黎錦揚長期生活在華人社會的觀察所得，通過他的藝術概括而自然呈現出來。沒有華人區唐人街長期的生活體驗，不容易達到如此的深邃廣博。此外，他的作品篇章短，容量大，無形中也增加了可讀性，非常適合現代人閱讀的節奏；而行文不藉寓託，不事藻節，真摯、平易、樸實，緩緩而抒，娓娓道來，有如與老友促膝夜話，充滿了情意溫馨、韻味雋永的藝術魅力。

一九九五年四月，黎錦揚應世界華文作家協會之邀與湯亭亭、劉愛美等華美作家訪問台北，他們一行曾參觀《聯合報》。我初識錦揚，兩人一見如故，談得十分投機，嗣後他與我時有書信來往，成為很好的朋友。我有感於他早年去美國留學，先後在哥倫比亞和耶魯大學戲劇學院研習比較文學和戲劇，後來又入舊金山《世界日報》工作，留在美國從事英文著述逾半世紀之久，這樣一位學人、作家，自是為華人社會顯影造像的最佳人選；而從來往的翰札中體會他中文造詣極為深厚，他不用中文寫作，實在可惜。於是我就向他為我主編的《聯合報》副刊和兼編的美國《世界日報》副刊約稿；他欣然同意，寄了不少小說給我(也就是本書中的大部分作品)。月前，我收到他的來信，大意是說他計劃把這些文章結集出書，他說他自一九四四年去美幾十年中，除了在《世界日報》發表過一篇《我的回憶》外，幾乎沒寫過任何中文作品，此番重拾中文，完全是受了我的鼓勵，稱我是他「中文寫作的推動者」，為了紀念這段文學因緣，書的序言宜由我來執筆。如此誠懇鄭重的囑咐，理當從命，不揣譾陋，謹略抒我研讀此集後一點感思，藉此向這位華美文學的開拓者致敬！

近年，美國亞裔認同問題正處於轉折點上，泛亞社團種族化、政治化的傾向，顯然刺激了美國各地反移民的抗議情緒，作為亞裔各族群領導地位的華僑，站在歷史的十字路口，其壓力比任何族群都來得大。而我華族與人為善、相忍為謀的文化氣度與生活守則，難免又有新的挑戰。如此看來，懷抱文化使命感的黎錦揚和華美作家們的破冰之旅，勢將重整帆纜，奔赴另一段新的征程！

目錄

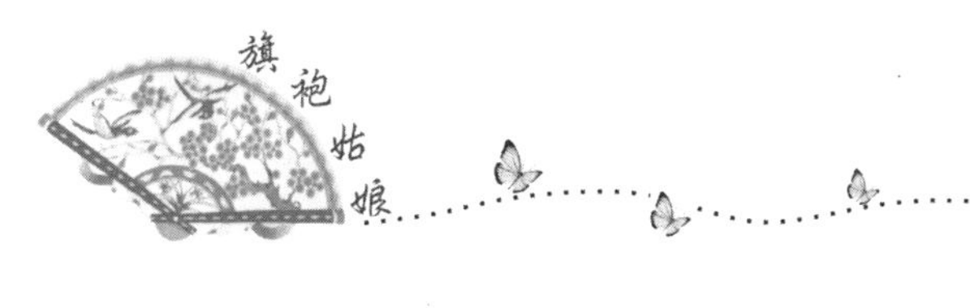

好萊塢的遠客

中國開放了，內地鄉下人想往城市跑；城市裡的人想往外國跑。范金和太太范月娥在湖南養豬賺了些錢，將新蓋的房子租了出去，居然跑到美國來觀光了。兩人都是四十多歲，中學畢業，做了湖南的百萬戶以後，最大的願望就是想看世界，尤其是好萊塢。

他們到了洛杉磯，決定不去中國城和小台北。在長沙時，兩人入了兩次英文速成班，拿著字典天天讀英文說英文，又細讀了《英文百日通》、《西洋節日》、《西餐吃法》、《美國日常禮節》等書。

旅行社替他們定的旅館叫「日落大廈」，是好萊塢的一個舊旅館，曾一度爲電影明星常住的地方。抵美後的第二日，二人帶上黑眼鏡，一早就步出旅館，在日落大道逛街，深深地呼吸著黃黃的空氣。他們想，空氣雖然黃，還是比北京上海的黑空氣要衛生。日落大道的行人不多，也看不見一個中國臉，正符合他們僅看「西洋景」的原則。

他們學著老外夫婦，妻子把手放在丈夫的手臂上，二人挺著腰，抬著頭在街邊漫步。丈夫握著

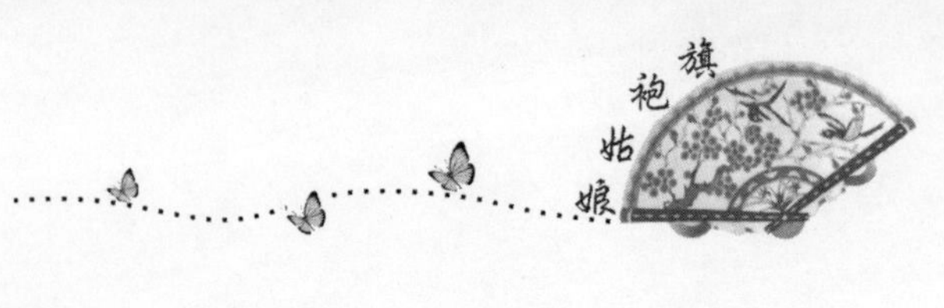

一本中英文字典，妻子拿著已經翻得陳舊了的《美國日常禮節》。在中國，這類書是《毛主席語錄》出版以後最暢銷的書。

在溫暖的日光下，他們談著當日的遊覽節目。妻子要看一個西方牧童的電影；范金，經旅館服務員的介紹，決定去看場裸體表演。有人說過，這是美國文化之一，他覺得應當先睹爲快。

「好，」他向月娥說：「你去看電影，我去看時裝表演。」

二人同意各看各的，看完了還可以做個比較。他們又談了談在美國「不能做的」和「應該做的」事。《日常禮節》書中說過，在餐館裡不能拒絕冰水，因爲美國人對他們的冰水特別驕傲，所以一進餐館，櫃台馬上先奉上冰水一杯。他們昨夜在旅館餐館進食時，已證明此說無錯。

關於在餐桌上的禮節，他們也切記了幾項：第一，美國喝湯是吃湯，吃湯時絕不能有喝的聲音。第二，如果感冒流鼻涕，絕不能用餐巾擦鼻子。第三，在餐館裡用牙籤不禮貌，就是用手蓋著嘴巴也不能登大雅之堂。第四，吃飽了千萬不要當眾打嗝。

「這個你一定要記住，」太太說：「在湖南打嗝是表示你欣賞菜好，吃得滿飽，老外可不欣賞這套！」

范金認爲太太說這些話是多餘，但他也不計較：「嗯」了一聲了事。他想的是裸體表演，不知是什麼時候開戲，至於到那裡去看他不愁，服務員寫了地址，還畫了圖。

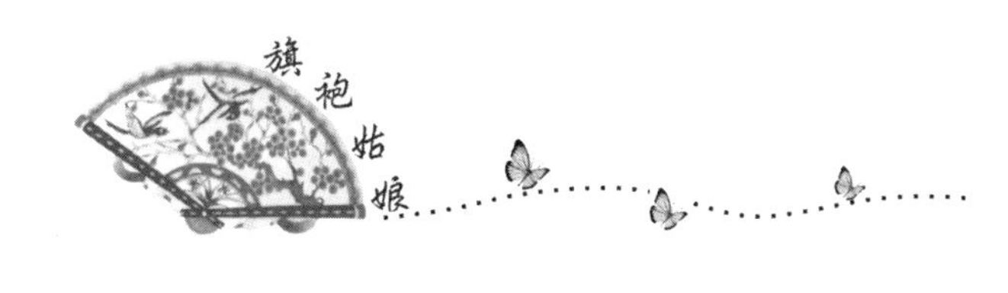

他們在一家快餐館吃中飯時，太太說：「在美國吃飯不能用手拿食物，但是也有例外，如吃麥當勞肉餅可以用手…。」

「吃烤雞也可以用手。」范金插了一句，學著旁邊的老外舔了舔手指。餐後，他們走了一條街沒有說話，好像各有各的心事。不一刻，月娥又想起了幾條不能做的事：如外國人握手時握得很緊，緊得發痛時不能皺眉；老外喜歡拍人的肩或背，拍得太重時不能生氣，還要作欣賞的微笑，因爲愈拍得重愈是表示親熱…。

「愛人，」范金又插嘴說：「這些人人都知道。有一條我們要記住，在美國，到台灣或香港人家裡去拜訪，在門口要先脫鞋。到美國人家裡去，絕對不能脫鞋，襪子有洞的人尤其要注意！」

「這條我已經背熟了，不用再提。」他太太說：「而且，我們沒有工夫去拜訪台灣或香港來的人。還有，你不要再叫我做『愛人』，這是毛澤東時代的稱呼，現在聽了好肉麻！」

不久他們看見一家電影院，外面的廣告是西方牧童片，圖片上有一個彪形大漢，騎著駿馬，手持雙槍飛馳過河，與人槍戰。月娥鼓著手，說運氣奇好，出門不久就遇到她要看的戲。范金趕緊給她買了一張票，答應兩小時後在影院前和她見面。

離開老婆後，他把地址取出，按圖去找裸體戲院。他向北左轉一個彎，走了幾條街，又右轉一次，果然找到了好萊塢大道。他查清方向，不遠就看見了一個小戲院，外面掛滿了裸體舞女的照片，售票處已經有人購票，他一看，便知是東方人，他有些難爲情，但聽他們談話才知是日本人。

他聽說日本人男女常在一起洗澡看裸體戲很自然，連小姐太太都去看，他希望有一天月娥也有這種前進的精神。

戲院裡很黑，他把黑眼鏡取下來還是一片黑，好不容易東摸西摸摸到了座位。他坐定後，銀幕上的色情片剛好演完，忽然燈光大亮，發現觀眾寥寥無幾。在他左邊有條長橋，旅館的服務員曾說過，要看好戲要靠近舞台或表演橋。他馬上換座，五元入場券不便宜，要看就要看得一清二楚。一位穿銀色小三角褲的女招待走過來賣酒，他花了三元半買了一瓶啤酒，他希望有一包瓜子，但瓜子是飲茶閒談的食品，看裸體戲可能很緊張，吃瓜子不會適宜。

如雷似的音樂開始了，燈光也暗了，一個滿身豔服的金髮女郎從一黑幕後步入，在舞台上扭著腰，走了幾圈，走完後又在舞台中間扭了幾分鐘。

范金有些失望，如果眞是服裝表演，也該換人換服裝了，他是不是上了當？他正在懷疑，這位金髮女郎開始脫衣了，先將白手套慢慢取下，然後解帶脫袍，露出乳罩和小三角褲。她一邊搖擺一邊先把乳罩解開，露出豐滿的兩個白玉乳房。她扔掉乳罩後又在台上徘徊幾次，摸著自己的乳和腿，按著音樂似跳非跳地扭來扭去，鮮紅的嘴在亂動，有時笑有時皺眉、拋吻、前後彎腰，模仿了一些做愛動作。

范金看得漸漸出神，心想這五元入場券眞值得。不一刻，金髮女郎解開了小三角褲，觀眾中有人鼓掌尖叫，這個全裸的女郎，手舞著三角褲，徐徐走上舞橋，在觀眾的頭上開始狂扭。當她在范

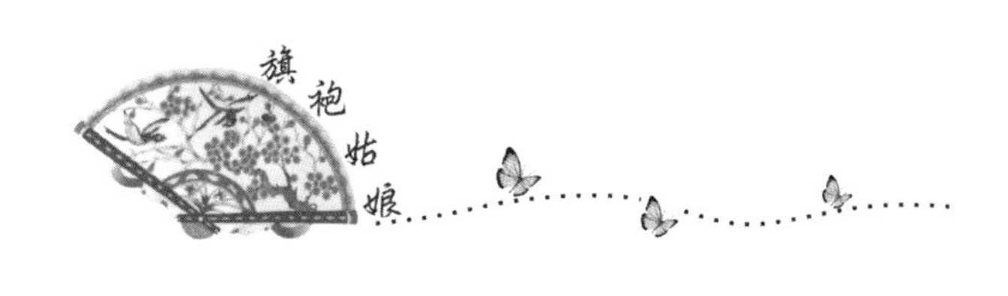

金頭上表演時，他除出汗之外，還覺得啼笑皆非，又喜又怕。怕的是不吉利。在中國鄉村，在女人晒的褲下走過都要倒霉，現在一個洋女人的下部在他臉前搖來搖去，轉過身來，打開雙腿，又在他的頭上挺來挺去，他不知會帶來什麼禍。她跳得一身是汗，每人都給小費一元，他掏了五元，買個吉利。跳舞小姐離台前特別向他拋了一個吻，他不免連聲自嘆值得值得。舞女的香氣撲鼻，他離座時還不斷地打了幾個噴嚏。

時間還早，他在好萊塢大道上散步時，好像劉姥姥逛大觀園，東看西看，處處都覺得新奇，尤其是遊人，有男扮女裝的，有長髮披肩的，有奇裝異服的，有畫臉的，有鼻上戴環的，有光頭而滿臉是黑鬍的，有打赤腳的⋯，來回汽車中的人多半是些惡少，亂叫亂喚，搖滾樂聲震天，使人生畏。聽說美國青年匪黨很多，常常向人開槍，他漸漸有些不安，好像走進了一個虎狼出沒的森林。他看清方向，急急地回到了日落大道。走到電影院時，太太已經在門口等他了。

「電影眞好看！」她高興地說：「時裝表演好不好？」

「不錯。」

「明天我同你去看時裝表演，後天我們再去看個電影。」

「不用不用，」他急急說：「明天去迪斯尼遊樂園，坐車都要坐大半天。我們只有一周的時間，看的地方太多。」

月娥堅持還要看一個西方牧童電影：「你知道我看的這個電影的主角是誰嗎？」她問。

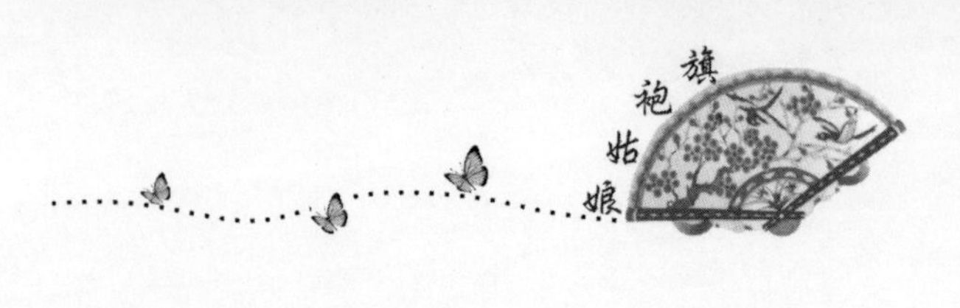

「外面的廣告上有照片，名字記不起來了。」

「他是鼎鼎大名的江萬。」

「啊，John Wayne。」

「天下姓江的只有一家，我娘家也姓江。」

在回旅館的途中，月娥說不完她看的電影和英雄江萬。他想解釋 John 不是姓，是名字，譯成中文是約翰。後來一想，不必多費口舌，凡是可能引起爭吵的小事，最好是「嗯」一聲了事。這個政策，維持他們夫妻間的和平，已經有好幾年了。

「我把我看的電影都告訴你了，」他太太又說：「關於你的時裝表演，你一字不提，爲什麼？」

「月娥，時裝表演沒有故事，有什麼可報告的？模特兒脫衣換衣，脫衣換衣，你要不要聽？」

「嗯。」她也哼了一聲了事。

他們一進旅館的門，他就拉著她的臂向酒吧走去：「我們去喝杯洋酒，看看酒吧的西洋景。」她不想去，他又加了一句：「聽說好萊塢許多明星都是在酒吧被大導演發現的。」聽了這句話，她自動地進去了。

他叫了兩杯紅葡萄酒，一喝酒就想起了那場脫衣舞。月娥撫摸著她的酒杯，眼睛半張半開地望著空間微笑。他想只有兩個可能，她不是在希望有好萊塢大導演來發現她，就是在想她的電影英雄

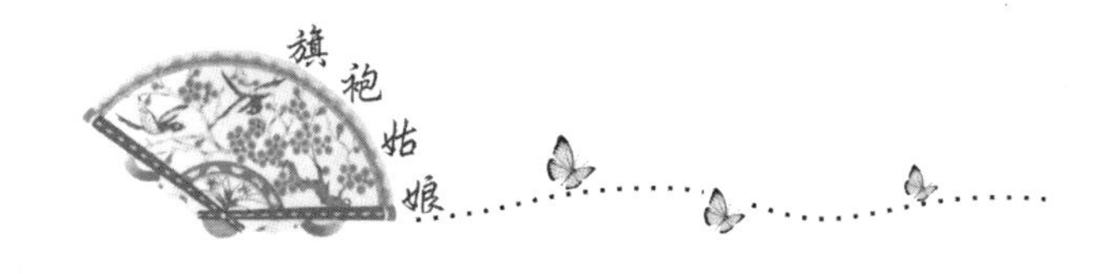

江萬。各有各的秘密，他放心了。他飲了一大口酒，輕輕歎了一聲氣。那位金髮女郎又在他的腦海裡出現了，在他的頭上左右搖，前後挺，動作激烈，喘著氣，嘴在哼，他的心也在加強地跳。他很想知道同那樣的女人做愛有些什麼感覺……。

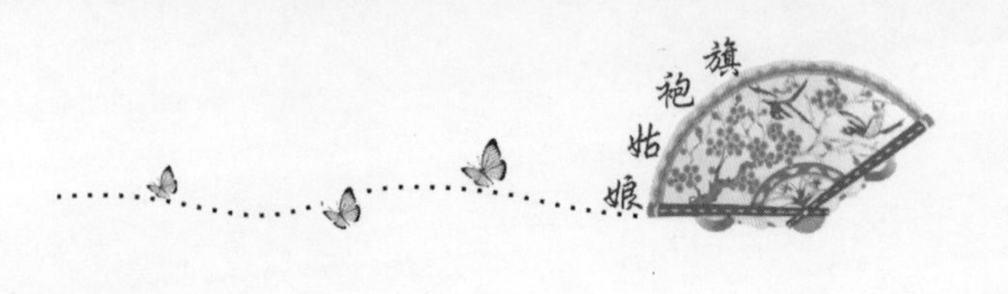

旗袍姑娘

有一天，半夜忽然有人敲門，我拿著手杖一拐一拐地開了門，原來是隔壁那位少見的小姐，她給我一包食物和幾瓶不同的飲料，她說：「看你天天叫比薩吃，特別給你做了一碗鹹魚蒸肉。我是夜貓，聽了你的收音機，半夜來打門，不怪吧？」

我不但不怪，還請她入室坐坐。她的國語略帶廣東音，加上些純正的英語，卻十分順耳。她穿一件絲綢旗袍，曲線畢露，兩條細長的腿，在馬路上一定有人轉臉偷看。

留美五年以來，我在洛杉磯加州州立大學苦修國際貿易，夢想發財。這大概是最普遍的美夢。自從車禍出院以後，我決定搬到華人聚居的蒙市來住，蒙市(Monterey Park)，號稱「小台北」，希望能在這裡得些家鄉的親切感。在美國無親無戚，雙親在大陸早故，在海外打工讀書，往往忽略了社交生活，常常感到十分枯寂。

我給這位鄰居小姐倒了杯咖啡，請她吃個橘子，她姓林，叫琳達，她說琳達林，容易記，又好聽。

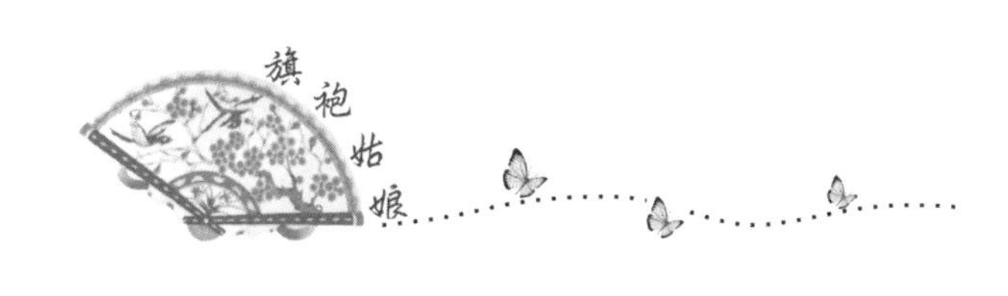

五歲時父母離婚，與母親相依爲命，已經二十年。她說話直爽，第一次談話，幾乎把她的家譜都報告給我了，這使我有些戒心。她問我的家事，我支支吾吾的，沒有多說。

她說她常常陪老頭出去玩，做響導。她有時看我到附近的麥當勞快餐館去吃肉餅，很可憐，如果想吃中國菜，她請我到她的套房去吃她的拿手好菜，紅燒肉和鹹魚蒸肉餅，她反正吃不完，留在冰箱裡發霉很可惜。

我從前的女朋友，都很拘謹，我談話也極小心，有時悶坐半天不說話，現在遇到這位小姐，忽然覺得談笑自然，漸漸我的話匣子也打開了。我問她是不是在旅行社做嚮導，她說是，客人多半是台灣或大陸來的商人，有時還有嚮往舊時中國的老外：「許多都結了婚，六十開外的人，大肚子，一身錢臭。」

自從那晚長談後，我到她的套房去吃過幾次飯，她做菜手藝平平，不過紅燒肉和鹹魚蒸肉極有家鄉風味。我也請她出去看了幾次電影和到卡拉OK唱了幾次歌，她的歌聲清秀，我最喜歡聽她唱《夜來香》和《最後之夜》，不但引起我的家鄉親切感，而且帶來了些值得回憶的「哀情」。

她在蒙市開了一家小服裝店，她常出門，數日不歸，有時請我替她看店。她有一位看店小姐，但不能天天到，有時還要臨時請假，如果我能幫忙，她願付我每小時工資八元，現錢交易，不要報稅。

我答應每周替她看店兩個下午。我試了兩次，大男人賣女人衣服使我不很舒服，但生意蕭條，我決定忍受下來。有時我看完半本小說還沒有顧客上門。

她一出門就是兩三天，我有時在店門前掛個紙鐘牌，註明下午三時回店，因爲她不在，二時三時回店沒人管。但每次遲到，過意不去，就自己掏錢在她店裡買一兩件毛衣，留做過年過節時的禮物。

我認識她快半年了，有時在她公寓吃飯，她忽然用英文問：「How about us?」這句話的大意是：「我們的事怎麼樣？」她每次問，我總是避而不答，她也不追問。每次我問她爲什麼對我這樣好，她用指尖點著我的上額說：「我喜歡你，你還要問？而且，你很安靜，不亂說話，看來也很寂寞。」

有一天，她請我去吃早餐，她在弄菜時，故意把鍋子盆碗碰得極響，好像在生氣。她上菜時，我在小客室看報，她用英文叫了一聲：「Come and get it!」這句英文翻成中文就是「來吃！」聽來很不客氣。

我從來沒有吃過她的洋餐，今晨的煎蛋又黃又硬，洋香腸和烤麵包也燒焦了，咖啡也是苦苦的沒有香味。我懷疑她做早餐的心事重重。本來我們常有話說，今天卻空氣緊張，我有話也說不出來。

我們靜靜地吃了兩分鐘，她忽然抬頭來又問我：「What about us?」

從前她說「How about us?」現在改爲「What about us?」我也分不出有什麼不同。我隨便答了

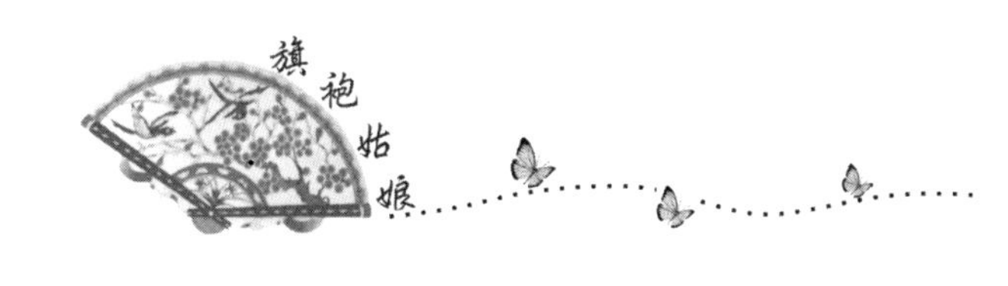

一句：「What about?」

「我不能替生人做一輩子的菜！」她用英文回答。

「第一，」我有點生氣地答：「我沒有要你替我做一輩子的菜；第二，我不是生人！」

「不是生人？到現在我還不知道你到底是誰？我是一本打開了的書？你呢？總是守口如瓶，連你的父母在那裡都不知道。」

「我說過，大概你忘記了。好，我再說一遍。父母在大陸文化革命時早死，我叔叔在佛羅里達開小餐館，擔保我來美打天下，佛州的天下太小，三年前我搬到洛杉磯，一天到晚打工和讀書，要做美國夢，夠了嗎？」

「結了婚沒有？」

「失戀兩次，還是單身。我不問你的私事，我也希望你不多問我的私事。」

我們又靜靜地吃了一分鐘，我把雞蛋吃完，喝了一口咖啡，說：「雞蛋不錯。」

「你怕吃生雞蛋，煎得太老，有什麼不錯？」她說話時沒有看我。

「琳達，」我問：「你今天很不高興，爲什麼？」

「你在店門前掛牌說你下午二時回店，有人說你到三時半還沒有回去。」

「不錯，我遲到了一個半小時，過意不去；我在你店裡買了兩件毛衣，你去查帳。」

「用不著查帳。」她起身收盤碗，說話仍然不看我：「我的朋友頂多去買雙襪子，賺不到幾分

錢。」

她還要說，忽然又把話收回不說了。我知道她想問：「你到那裡去了？」

不等她問，我告訴了她：「那天下午我去參加了一個文化活動，聽了一位名人演講，題目是：『政治與文化』。聽了十分鐘我就睡著了，醒來時已經過了三點！」

我想用小幽默來完結這件遲到的事，但是她沒有笑。從前我們常常有說有笑，現在這樣緊張，使我十分不安。我喝完咖啡，把嘴一擦，起身告辭。這次早餐，算是不歡而散。

次日我替她去看店，不到半小時她來了，穿著普通西服、紅毛衣黑裙，頭髮好像在美容院整理過，蓬蓬的蓋著她的瓜子臉，嘴上略施口紅，十分動人，只是衣服不時髦。她說：「今天請你遲一小時關店行不行？」

今晚我不到遠東書局去上工，只好做個人情：「沒問題。什麼事？」我問。

「今晚我要帶一個客人來買衣服。」她說著就把隨身帶來的一件旗袍交給我：「這是我最好的一件。把它掛在一個明顯的地方，最好進門就看見。我來時你要假裝不認識，懂不懂？」

「我演過戲，你放心。爲什麼要裝不認識妳？」

「不要多問，把我當成顧客，OK？」

這也不難捉摸，她帶來的男人要替她買衣，她就把自己的旗袍拿來賣。「標價多少？」我問。

她想了一想，說：「三百元好了。」說完她就匆匆地走了。

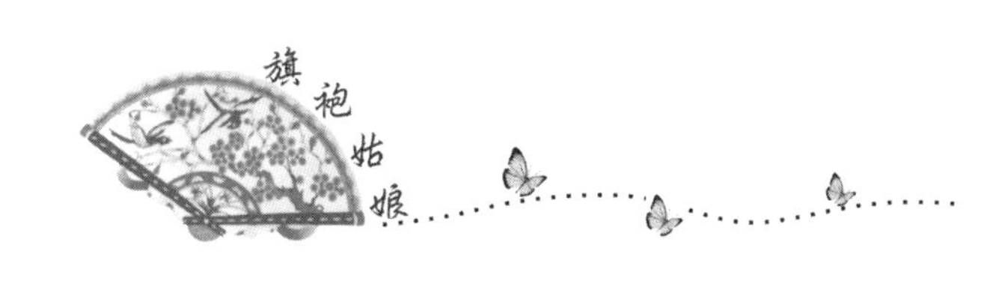

這件紅緞旗袍，鑲著藍邊，她穿過幾次，行動時閃閃爍爍，曲線畢露，非常動人。標價時我自動替她加了五十元。我把它掛在門口對面的一個衣架上，旁邊還掛了幾件普通西服，使得這件旗袍更爲生色。

本來我是六時下工，今晚就安心等她來。不到七時她果然帶了一位老外來了，六十多歲，胖胖的，戴金絲眼鏡，整潔的黑色西裝，像個大亨。入店時他們在談笑。她看見我就問：「你們賣不賣中國服裝？」

「當然賣呀！」我答：「這裡就有一件。」我忙把她的紅色旗袍取下，接著說：「這件由五百元降到三百五十元，價廉物美，妳一定喜歡！」

她一見馬上合著掌，眉飛色舞地在欣賞，然後看了看標價，又皺了皺眉：「三百五十元太貴了！」

這位老外，在旁不動聲色，我知道他是商場老手，就是喜歡也不表示。

她把旗袍貼在身上，打了個圈，問道：「高登先生，你怎麼想？」

「不壞，」高登先生說：「還有別的嗎？」

我忙著拿出幾件普通旗袍來給他們看。她連連皺眉，說只有這件紅的好。她又抱著這件旗袍轉了幾轉。我說：「穿上試試吧。」

「OK?」她問這位老外。不等他回答她就將旗袍拿到屏風後面去了。高登先生坐下來，搭上二郎腿，準備久等，不料她很快穿著紅旗袍飄飄然若仙地走了出來，我情不自禁地鼓掌叫好。高登先生還在面無表情地問：「能不能再減點價？」

「這是最底的價。」我堅決地說。老美還有些遲疑不決，但她卻緊跟不放，在高登前走動搖擺，儼如一位高價服裝模特兒在做時裝表演，弄得這位老外不得不喜笑顏開。他掏出一大把鈔票，付款後向我說，他小時在上海住過，最喜歡看穿旗袍的中國姑娘。當他們有說有笑地出店後，我後悔沒有標價四百五。

快開學了，我決定同琳達少來往，替她看店的差事也要辭。我還沒有通知她，她又出門了，她一去就是三天，也不知道她的去向，我也樂得趁此參加一個短期旅行團，到墨西哥去遊歷幾天。不料一路都是走馬觀花，晚上的遊夜市、宵夜和跳舞我都無興趣，參加了也是無精打采，有時我問自己，是不是在想念她？

回來後我馬上給她打了一個電話，無人接。第二天我又去敲她的門，久等未見開門。開學的前一晚，我在整理書籍筆記，隱隱聽見隔壁的哭聲。我趕緊過去問個究竟。

她哭喪著臉開了門，我還沒有開口她就要給我一個閉門羹，我求她讓我進去坐坐，她沒有拒絕。我跟她到小客室，在堆滿衣物的長沙發上坐下。好像她剛回家不久，小箱子還在地毯上沒有打開，咖啡桌上的一瓶鮮花也謝了，幾只咖啡杯子也沒有洗。我一看這個滿屋凄涼的情形，心裡冷了一把，斷定她是失戀歸來，或是被情人一腳踢出了門。但又覺得很可憐，失戀是年輕人的家常便

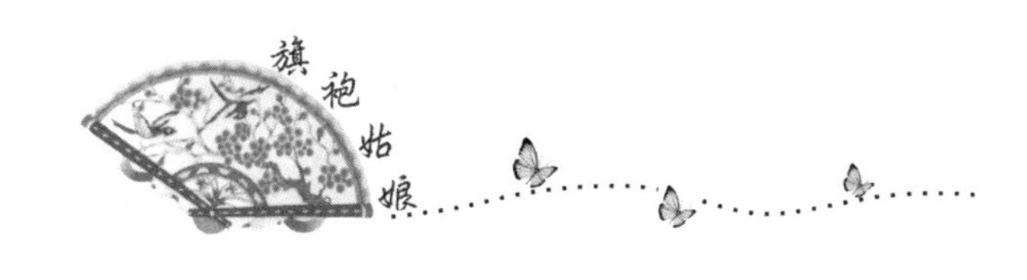

飯，我一生不知吃過多少次，我同情地問她究竟爲什麼哭，我能不能幫個忙？

她擦乾了眼淚，長嘆一聲說：「我的母親死了！」

原來她五十歲的母親，得乳癌住在一家私人療養院，每月費用三千元完全由她負擔，每周還要去和母親做伴三天。她沒有說完又痛哭起來。

我沒有說話，也沒有看她，心裡一陣難過，又不知道如何表示，等她哭完了，我又問她：「這些事妳怎麼不早告訴我？難怪妳一出門就是三天不歸。」

「告訴你又有什麼用？」她擦著眼淚說：「這樣重的擔子怕把你嚇走。你也沒有問過我母親的事，你這樣沒有興趣，我何必多說？」

我想說些安慰的話，想了想，要說的都是些隔靴搔癢的空話，我想把我對她的錯誤判斷告訴她，向她道歉，但可能又會傷她的心。她還在低著頭擦鼻子，她這樣平淡的衣飾、無脂粉的打扮，使我的一陣憐愛的感覺，如浪潮似的湧上了心頭，不由自主地用英文問了一句：「Linda, how about us?」

她抬起頭來，瞪著我，好像不敢相信我會問她這句話。我又問了一次：「What about us, Linda?」

她忽然熱淚盈眶，跑過來在我的嘴上重重地吻了一下。我把她擁在懷裡，熱烈地反吻她。我最恨男人哭，我一向守舊的心，也很難說重情的話，但這時，我們的淚水和心，好像都在交流，這個

很難出口的「愛」字，也不斷地破口而出。那夜，一陣瘋狂似的熱戀，答覆了我們的那句問話：

「What about us?」

從那天起，我們每晚在一起做飯，聞著紅燒肉香，聽著國語情歌，窗外的中國招牌和霓虹燈不斷在閃爍，引起我一陣陣的親切的家鄉感。她穿著我喜愛的旗袍，為我倒咖啡時，我想起那位替她買旗袍的老頭，難怪他仍在懷念中國的「旗袍姑娘」。

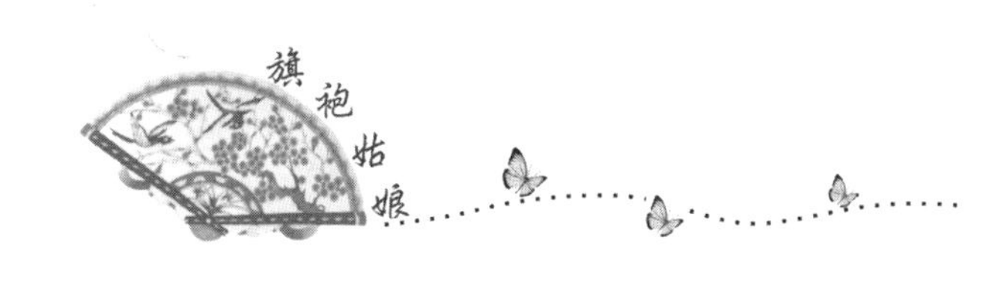

情場聖手

新到洛杉磯聖蓋博谷華人聚居的地方，可能容易迷路。那天晚上，我要找僑務第二中心，東轉西轉愈開愈遠。天已黑，交通擁擠，中國招牌愈來愈少，結果開到了一個小墨西哥市。決心停下來吃頓墨西哥快餐，問好路再打轉。

一座平頂大房，外有 Taco 同 Beer 的招牌。一進門就是煙酒味，聲音嘈雜，但輕快的拉丁音樂很悅耳。除十餘小圓桌外，有酒吧、撞球桌。小舞池上還有四五對老墨在跳舞，顧客大多是墨西哥人，還有幾位拉丁白人女子，一律金黃頭髮，在緊身衣中曲線畢露。

我正要找一個空座位，有人向我招手，用帶拉丁口音的英文說：「Amigo，到這裡來，我喜歡同中國人談天。」他微有酒意，圓黑的臉，身體矮壯，穿紅花襯衫、牛仔褲，面帶親切的笑容，露出雪白整齊的大牙。

我正在猶疑不決，他卻舉起手，彈指叫女侍：「瑪利婭，給我的朋友一瓶酒。」

無法，我只好坐下。一個胖胖的女侍送來了一瓶 Cool 牌啤酒和一個玻璃杯。我正要掏錢，我

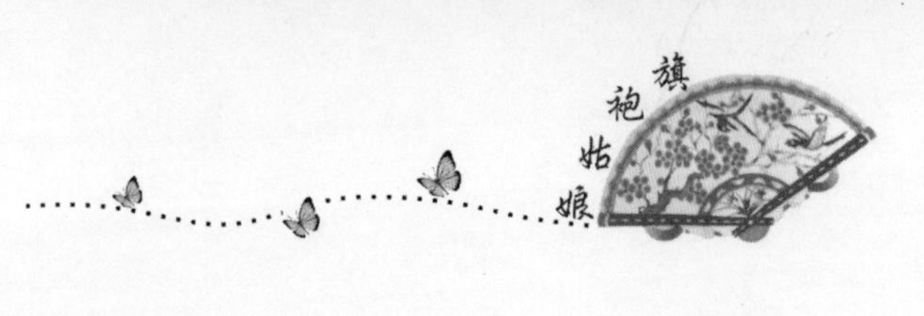

的新朋友馬上塞了兩元舊鈔票到她高高的胸部裡，然後，又在她腰上扭了一把。瑪利婭尖叫一聲，說了一串如爆竹一樣的西班牙語，笑著走了。

「不要用杯子。」我的新朋友說：「對瓶喝最衛生，不會得愛滋病。」他笑著舉瓶，我們對飲了一口。他說他是四分之一的中國人，生在菲律賓。他祖父姓賴：「你有姓賴的親戚沒有？」他問。

「我有個姓賴的姐夫。」我答。

他忙和我握手：「我們是親戚！」

他叫卡洛斯，在白人餐館當首廚。他的英文雖有口音，但很流利。我也打開了話匣子，藉此練習英語。

我發現他的朋友很多，常有人過來拍肩談笑，叫他做 Casanova。Casanova 是拉丁人中最有名的西門慶。「你是不是個情場聖手？」我笑著問。

「你自己來發現好了。」他說。他不吹牛，但看來很有自信心。果然，許多女客向他打招呼，擠眉弄眼。他貌不驚人，穿著又不考究，我問他有什麼討女人喜歡的秘方。

「女人？」他說：「A dime a dozen!（一毛錢一打）。她們好門面，請她們出去要一切上等。」

他同他的同房共買了一部凱迪拉克豪華汽車，兩套入時西裝，大鑽戒和勞力士牌的金錶，二人輪流用。他每次請女朋友出去，就是這樣全部「武裝」，開著雪亮的大汽車，到高貴的白人區去吃喝玩

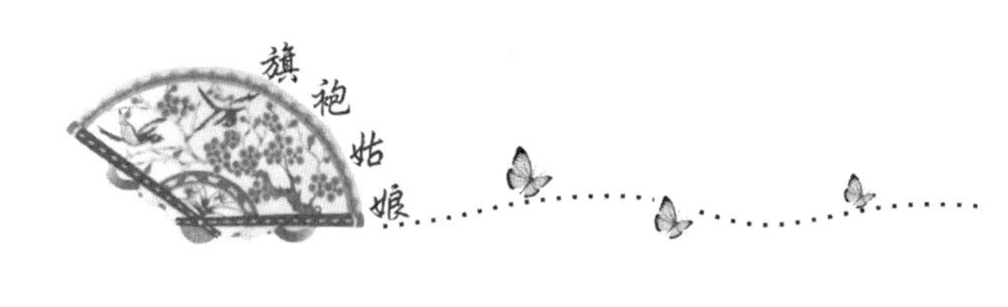

樂。

他的同房叫托尼，是拉丁種的菲律賓人。因爲常常同墨西哥人一起做事，他們就同老墨打成了一片。他舉手彈指高叫道：「喂，托尼，快過來，我給你介紹一個新朋友！」

一個瘦小的菲律賓人拿看一瓶啤酒從酒吧走過來，伸手和我握手，介紹後他低聲說：「卡洛斯，你的情敵來了，他要同你打賭。」

「打什麼賭？」卡洛斯問。

「誰能把金歌請上車，誰得勝。要不要賭？我做裁判。」

「誰要賭？」卡洛斯揮手說：「去他的！」

金歌就是在酒吧裡幫著倒酒的金髮女郎，豐滿的身材，緊身衣，露了許多白玉似的肉。遠看十分宜人。托尼說她是大家追求的對象。所謂卡洛斯的情敵是一個退休的墨西哥拳師，名叫獨眼杰克。他正同兩個朋友在打台球，高聲談笑，並向卡洛斯示眼，顯然是在談他。獨眼杰克比卡洛斯高大，除了一個扁平的鼻子外，樣子不錯，穿緊身開胸衫衣，胸前掛著金鏈。在情場上，一眼便知卡洛斯不是他的敵手。

獨眼杰克拿著一杯酒搖搖擺擺地走過來了。「Casanova!」他說，樣子有些高傲：「兩百元說你不能把金歌請上你的車；四百元說她不會吻你的臉，吻了以口紅爲證。」

「去你的！」卡洛斯向他揮了揮手，轉臉同我和托尼談話。

獨眼杰克笑了一聲。「看我的吧，Chicken!」說著他揚長而去。

「Chicken!」托尼說：「聽見沒有？」

我知道 Chicken 是雞，但在有些場合中是說人「膽小如鼠」。

卡洛斯的臉馬上紅了。他說人可以叫他「豬狗」，叫他 Chicken 他不接受。托尼說不接受就去同獨眼杰克挑戰。「你沒有錢嗎？」托尼問：「我借你四百。我今天領了薪水！」

卡洛斯說這是獨眼杰克第二次向他挑戰。他早就想請金歌出去，但打賭他要考慮。他仰頭對瓶飲了幾口酒，把手在桌上一拍。「好！」他向托尼說：「你去叫他交出四百，放在你手上。今晚看誰贏，我卡洛斯還是那個臭鼠！」

不到半小時，托尼把這場情戰的條件交涉好了。在金歌今晚十時下工之前，每人有二十分鐘去贏她的芳心。今天卡洛斯開的是他自己的舊車，獨眼杰克開的是全新野馬牌跑車。二人的車都停在對街。十時決戰，看金歌上誰的車。

卡洛斯又買了一瓶酒。他的酒量大，大概非四瓶不能壯他的膽。我喝了兩杯就開始暈暈沉沉。我決心留下觀戰。第二文化中心的名人演講也不去了。

獨眼杰克先去同金歌打交道。他一到酒吧就掏出一大把鈔票，叫了一瓶香檳。金歌對他很親熱，二人有說有笑。托尼在旁看錶，我也一邊看錶一邊看獨眼杰克的引誘功夫，卡洛斯面不改容地在飲啤酒，我為他緊張，他卻毫不在意。

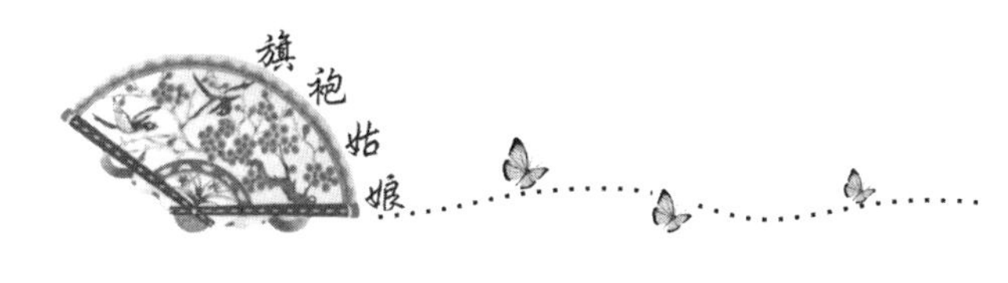

二十分鐘過去了，獨眼杰克笑著離開了酒吧。我假裝去廁所，經過酒吧時看他留下的小費，一張十元鈔票，難怪金歌連連在叫：「謝謝，杰克，謝謝！」

我回座時，托尼也來了。「你的二十分鐘到了，卡洛斯，」他說：「我看錶，你快去！」

卡洛斯從容不迫地喝完酒，起身聳了聳肩，慢步走向酒吧。我和托尼的兩雙眼睛盯著他，為他發愁。

酒吧的人不多，他坐在獨眼杰克空出的凳子上，叫了一瓶啤酒。「我的天！」托尼說：「他連買香檳的錢都沒有？」

從遠處看，卡洛斯又矮又黑，除粗壯之外，沒有什麼男性美，但金歌對他還是有說有笑。這大概是生意經，無法判斷她到底喜歡誰。我再加分析，買啤酒或香檳大概與服務人員無關，錢是老板賺，要看小費多少才有眉目。卡洛斯說話不多，聲音也很小。再觀察金歌的態度，好像沒有對獨眼杰克那樣親熱。我很想去聽聽他說些什麼，托尼說不能偷聽，等他回座位時再問他。

托尼在看錶，我也看，心在跳，為卡洛斯擔心。二十分鐘過去了，卡洛斯面無表情地回座。

「怎麼樣？」托尼馬上問。

「等著看。」卡洛斯說。

「你給了多少小費？」我問。

「一塊。」他說。

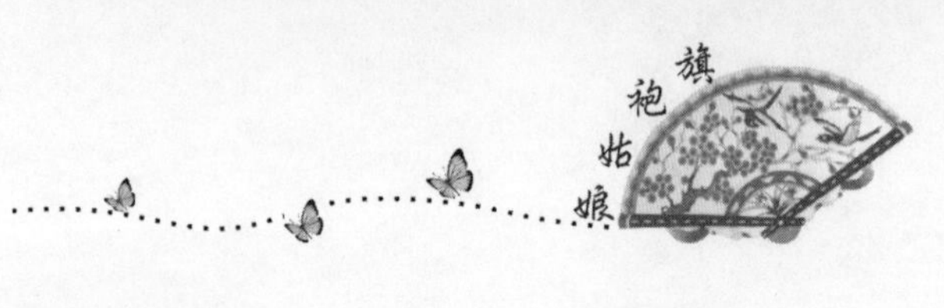

我心想人家給了十塊他僅給一塊，這場仗無法打贏了。我很想打道回家，但卡洛斯留我下來，爲他打氣。托尼把獨眼杰克交給他的錢拿出來又數了一次，足足四百塊。「卡洛斯，」他說：「看來你會欠我四百。但不必馬上還，等你發了薪再說。」

卡洛斯瞪了他一眼，說：「托尼，我要輸了，今晚回家就給你開支票。我從不欠人的錢！」

「我知道，」托尼有些歉意地答：「你有信用卡，銀行又有存款。我們都沒有，我眞羨慕你！」

「你要知道，我是四分之一的中國人！」說完他微笑地向我擠了一眼。

十時到了，托尼說獨眼杰克已經上了車，要卡洛斯趕快上車。卡洛斯不慌不忙地起身，伸了個懶腰出去了。我看他這些動作，好像已經認輸了。

一半的客人都上了街，托尼說很多人都知道這場情鬥，有些還下了注，行情是：三對一，獨眼杰克要贏。

我同托尼也上了街，站在靠門的街邊等金歌出來了。托尼在街邊來回走：「不怕不怕，」他連連向我說：「沒有把握他不會賭。」

街上的汽車少，行人更少，有我們這些觀戰的十餘人，看來大半都是賭棍。托尼說他們常常暗中鬥雞賭博，有時還要賭一個橘子裡種子的單雙。

我眼盯著大門，等金歌出來。我沒有下賭，但心也在跳，愈來愈緊張。

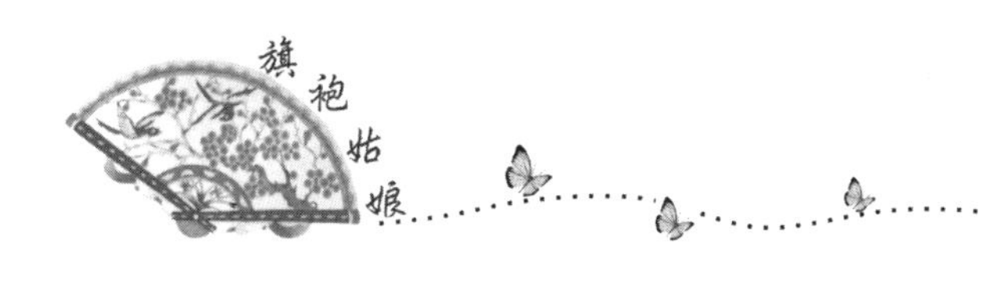

十時十五分金歌出來了。她換了一件普通灰黑色的長褲，白色毛衣，頭上裹著頭巾，除口紅外，脂粉也洗去很多，我覺得她更美，而且美得正派，和大學生一樣。她向對街掃了一眼。兩部車距離約二十碼。獨眼杰克的車在前，卡洛斯的老爺車在後，金歌慢慢過街，我們十餘對目光緊張地盯著她。

她走到對街的街邊時停了一下，好像故意捉弄我們，要賭錢的人緊張出汗。她忽然轉身，向卡洛斯的老爺車急急走去。

「進去，進去！」托尼抓著我的手臂向門口走。

「他會回來給我們買勝利酒喝！」

我原要回家，但又想問問卡洛斯他有什麼法寶，來討女人的喜歡。

約有六七人跟我們回到酒吧。不一會卡洛斯也回來了，他臉上不但有口紅，連嘴上都有。大家鼓掌歡迎他得勝歸來，他舉起雙手，伸著作V狀的兩指，像尼克松的得勝手勢。

他叫了香檳。同他進來的人說獨眼杰克看見他嘴上的口紅，就溜之大吉了。

我問他的秘密，他說沒有什麼秘密。他把一張一百元的鈔票撕成兩半，把一半暗中塞在金歌的手上，要她散工後到他車上去取另外那一半。用一百元買個香吻也不難。金歌不但在他臉上親了一下，而且在他嘴上也加了一吻作爲紅利。

在聽眾的笑聲中，他說：「要是同獨眼杰克拳賽，他可以把我打成肉泥。若要鬥智，他會夾著

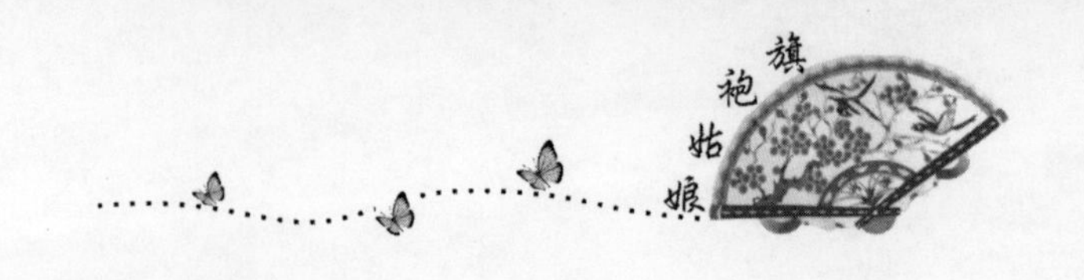

尾巴開溜。」他又向我擠了一眼，拍著胸加了一句：

「別忘記，我是四分之一的中國人！」

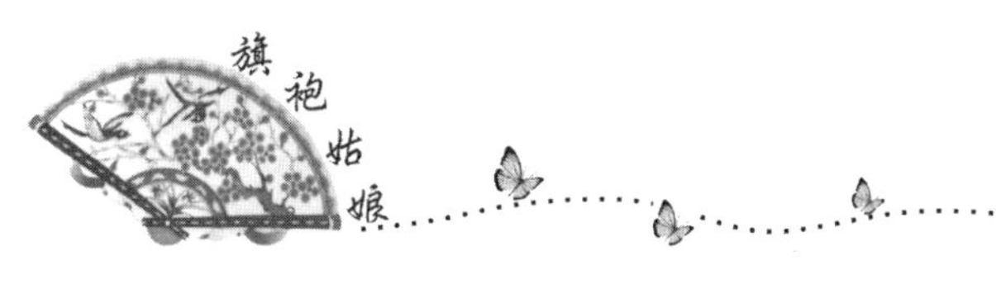

夫唱婦不隨

Ben 吳在洛杉磯一小市區開他祖傳的小雜貨店。因爲 Ben 與「笨」同音，遇到中國人時，他要人叫他「老吳」。遇到老外的，他去哈哈地告訴人，他的名字叫 Ben Wu，英文爲「Stupid Nothing」，聽的人都要笑幾聲。

他常向老外吹牛，他的雜貨店是全美國僅有的一家中國小雜貨店，可稱博物館的古董，可登吉尼斯世界記錄。自從大超級市場將小雜貨店消滅以後，他認爲他的牛吹得並不過火。

他在小市區的人緣不錯，白人、黑人同墨西哥人都到他店裡去買菜買啤酒，或聽他哈哈大笑以解愁。他說夫妻吵架是補藥，聰明孩子都是吵架後生的。有人問他爲什麼他沒有孩子，他說他同 Mabel 從來不吵架，孩子會笨，不如不生。

老吳一大早就聽見他太太在廚房裡洗鍋洗碗，洗得乒乒乓乓地響。他們吃早飯時吵了架，太太還沒有消氣。

他們吵架的原因是他要買一座三十英寸的大型彩色電視機，太太反對，公說公有理，婆說婆有

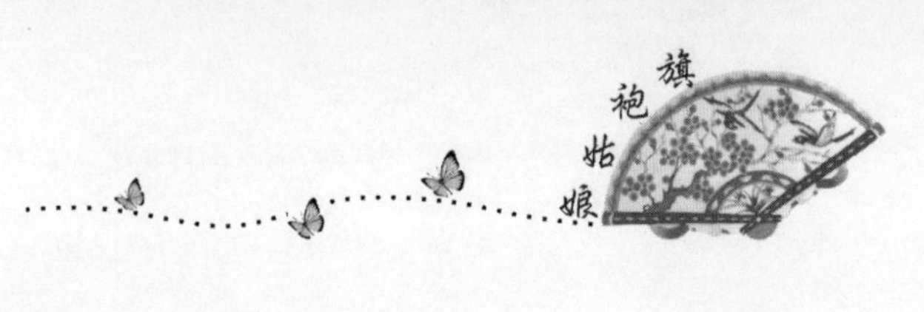

理。Mabel 說他一天到晚看拳賽和色情電影，錢不如放在銀行生利。他說人生幾何，又沒有孩子，錢留給誰？

周六早上，他開店前，看見鄰居老美邁克．肯特又在對面熱狗店吃早餐，吃了三天了。他判斷邁克夫妻也在吵架。每當他自己和太太吵架時，他太太打鍋子罐子；當邁克夫婦吵架時，丈夫總是在外吃熱狗。

他知道鍋子罐子打不破，鄰居吃熱狗卻影響生意。

他想到廚房去同太太道歉，但又不願顯得太沒有丈夫氣。最後他還是伸著頭向廚房叫：

「Mabel，邁克夫婦鬧翻了！」

「你怎麼知道？」Mabel 不耐煩地問。

「因爲邁克又在街上吃熱狗！Mabel，我們應該做個和事佬！」

「不關我們的事！」他太太還在氣沖沖地說。

「邁克吃熱狗，我們雜貨店失掉兩個顧客！」

「爲什麼兩個？」太太問。

「因爲先生吃熱狗，太太一氣出去上餐館，我們就少賣兩個人的食物。還有年輕人吵架，沒人做愛。不做愛，沒孩子。我們的嬰兒食物就沒人買…。」

Mabel 解了圍裙來到店中，滿臉不樂地說：「我去問問安娜，看看出了什麼事？」安娜是邁克

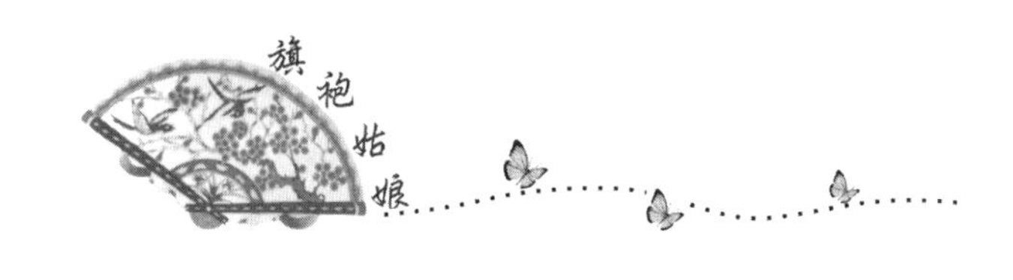

的太太，Mabel 常同她在街邊嘰嘰咕咕地聊天。

老吳知道他太太的關心，因爲邁克夫婦是好顧客，常常買最好的牛排，買其他貨物也不省錢。他也喜歡她來店購物。她的動人身段和香水，帶來許多喜氣。其他顧客常常轉身看她，也可能增加雜貨店的生意。

他記得一年前邁克新婚後搬來的時候，兩人總是手拉著手，三步一笑，四步一吻。

老吳緊張地等著 Mabel 回來作報告，半小時後 Mabel 回來說：「他們吵架了！」

「自然是吵架了呀，還用說？」

「他們三天不說話了。」

「爲什麼？」老吳問。

「邁克丟了差事。」

「他是個很好的保險經紀人。」老吳搖頭嘆了一口氣。

「安娜要他去開計程車，以濟青黃不接。」Mabel 說：「他拒絕了。」

「當然呀，」老吳說：「他上過兩年大學！」

「還有，」Mabel 接著說：「邁克喜歡烤牛排，安娜吵嘴以後連漢堡包都不肯做。」

老吳又嘆了一聲氣：「我們應當請他們來吃一頓飯。」

「他們不會來。」

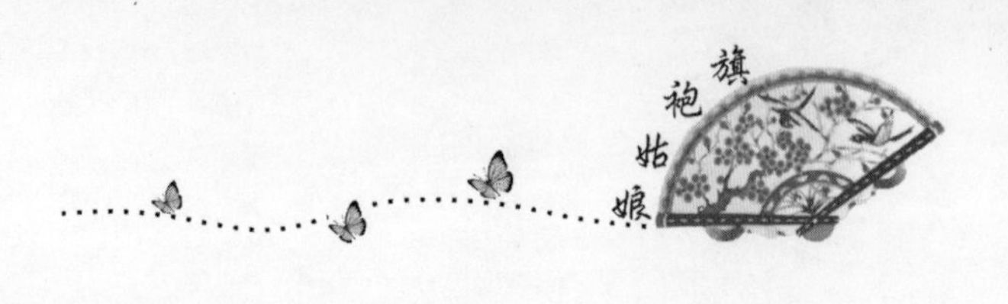

「妳怎麼知道？」

「他們拒絕在一間房裡呼吸。」

「關係搞得那麼壞？」老吳問。

「壞到開始談離婚了。」Mabel 搖頭說。

「我們要趕緊打救！」他踱著步，絞盡腦汁地在想：「Mabel，妳去請安娜教妳英文。」

「我的英文不壞，爲什麼還要學？」

「告訴她妳會說不會寫。」

「我也會寫。我上過中學！」

「哎喲，這是我們的計謀。妳裝做不會寫，請她寫幾個字給妳去練習。」

「寫什麼字？」

「I love you (我愛你)三個字。」

Mabel 斜著眼看了他一下：「寫這三個字幹嗎？」

「少問，」老吳說：「我是諸葛亮，妳照計而行就是了。」

次晚安娜來吃飯。老吳在廚房聽見他太太同安娜在客廳談話。

「我的丈夫在做牛排，」Mabel 在說：「我去把邁克請來一起吃好不好？」

「Mabel，」安娜不高興地說：「妳要去請邁克，我馬上離開這裡！」

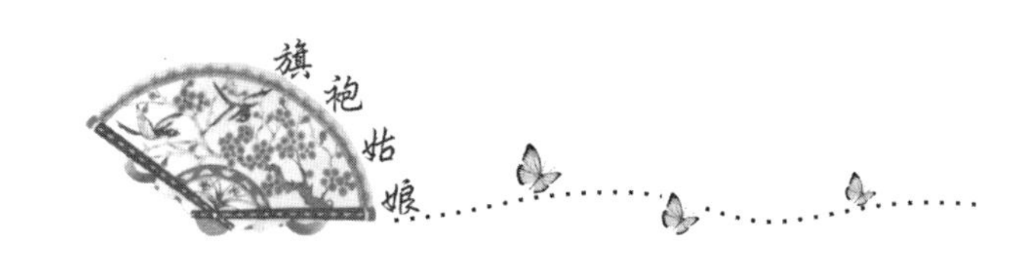

牛排做好，老吳到客廳旁的小餐桌上去擺刀叉，Mabel 在咖啡桌上學寫英文，咬著唇在抄「I love you」，老吳去給他們倒咖啡時，把安娜的「I love you」和 Mabel 寫的比了一下：「不錯不錯，」他笑著說：「Mabel，多寫些，我要把妳寫的貼在床頭上！」

晚餐準備好了，老吳偷偷將一盤烤牛排送到邁克家。邁克還沒有回來。後院的廚房門沒有鎖，他進去把牛排放在餐桌上，蓋上一個盤子，然後，又把安娜寫的「I love you」放在盤子上。安娜的手筆十分秀麗，是他在客廳倒咖啡時順手拿來的。

他回家忙將另一盤牛排拿到小餐桌上，向客廳叫了一聲：「開飯了！請來吃！」

Mabel 和安娜笑著來到餐桌。「Mabel，」老吳說：「妳倒香檳！」

「還有香檳？」安娜問：「慶祝什麼？」

「中國的快樂節，」老吳笑著說：「安娜，多謝妳教 Mabel 寫英文，敬妳一杯。」

「教 Mabel 英文是我的快樂，」安娜說：「我還要學拿筷子，你們教我。」

Mabel 認眞地教了安娜拿筷子。

安娜把牛排切成小塊用筷子吃。吃後老吳泡了龍井茶，拿出一盤中國糖果，大家笑著談著，有些酒意。

「我們打四圈麻將吧？」老吳提議。

「三個打不成。」Mabel 插嘴說。

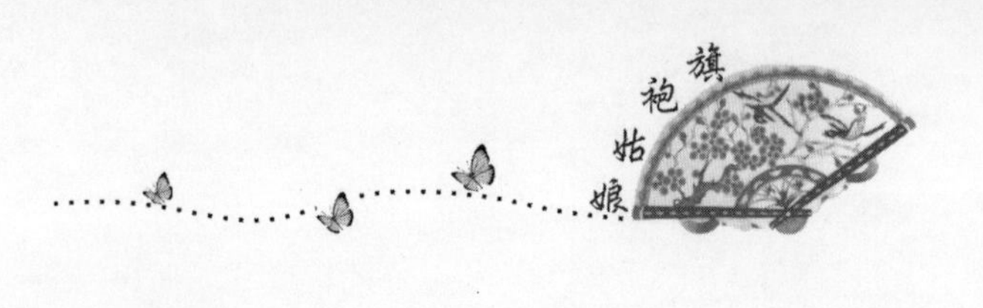

老吳在桌下踢了她一腳，暗中又做了個臉。

Mabel 似懂非懂地看了他一眼。

「我該回去了。」安娜說。

老吳從窗子向外看了看，邁克的房子漆黑，邁克還沒有回家。

「再喝一杯咖啡。」老吳說：「我開車送妳回去。」

「我就住在隔壁，」安娜說：「要開什麼車？」

「我們剛買了新車，」Mabel 搶著說：「想載妳去逛逛。」

「我明早要去工作，」安娜說：「要早回去，謝謝。」

老吳又看了一下邁克的房子，邁克還是不在家。他堅持要安娜去試試他的新車。安娜答應坐兩條街。

老吳開了三條街沒有轉彎。不等安娜說話，他指著車外的明月：「安娜，看月亮裡的嫦娥。」

「什麼嫦娥？」安娜問。

「Mabel，把我們中國的嫦娥故事告訴她。」

Mabel 也不知道什麼嫦娥故事，她同安娜在後面談省錢的化粧品和服裝。老吳聽著國語無線電。

安娜在車後叫：「Ben，我該回去了，我回家還要寫幾封信！」

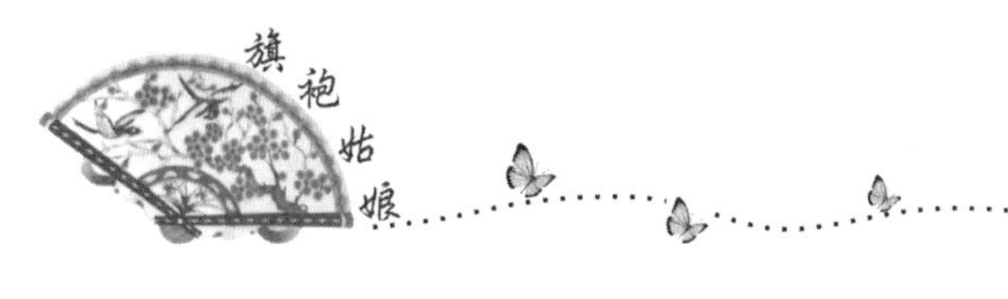

老吳在街上轉了一個不合法的彎。回到住處，邁克家的燈還沒有亮。

「喂，Ben！」安娜在叫：「你開過我的家了！」

「是嗎？」老吳假裝不知：「好，我回頭，我回頭。」他又轉了一個非法的彎。

「警察看見了，這個彎要罰你五十元。」安娜說。

「老吳，」他太太問：「你喝醉了？」

這時，他看見邁克的房子裡的燈亮了，他嘆了一口氣把車安安穩穩地在安娜的大門前停下。安娜熱烈地謝了他們，她的假高興使老吳很心痛。那樣的一個漂亮太太，獨自入臥室，孤寂地在床上望天花板，丈夫在客廳裡睡地板。他想到這裡不禁打了一個寒噤。

回到家，他心在跳。電話鈴響了，他不敢接。太太在叫：「我在洗碗，你怎麼不接電話？」

他又等了兩聲鈴。他不安地拿起電話，等看挨罵。安娜的聲音很激動：「Ben，你這個壞孩子，你偷了我寫的字，是不是？」

「是。」他抱歉地答，知道事已弄糟，以後少管閒事。

「Ben，我一進門，邁克不但向我道歉，還熱烈地吻了我！你的詭計真多！Ben，明晚我們請你們吃烤雞，不許不來，聽見沒有？」

老吳一高興，無意中說了句中文：「天塌了也會來！」他連忙翻譯。

「Ben，我一輩子也要感謝你們。」安娜接著興奮地說：「你告訴 Mabel，我愛你們！」

Mabel 洗好了碗，擦著手來到客廳：「誰來的電話？」

「安娜同邁克明晚請我們去吃飯。」他笑著向他太太鞠了一個躬。

「Mabel，我向妳道歉。妳有理。買新電視要花一千元。將一千元存銀行一年可賺五十元，十年五百元，一百年五千元…。」

「好啦，少廢話！」Mabel 揮了揮手：「你要看拳賽和色情，由你。我得看看台灣的連續劇！」

「當然呀！什麼都是我們兩人的嘛。妳看看邁克的房子。他們臥室的燈熄了，猜猜他們在幹什麼？」

Mabel 又揮了一下手，怨聲地說：「你滿腦都是色情！好了，我上樓去睡覺了。」

老吳不講話，笑著臉悄悄地跟她上了樓…。

老朱的最後一天

老朱替人洗衣燙衣將近六十年，二十年前退休，住在洛杉磯華埠過著清閒的日子，很少到老外地區走動，認爲中國城以外的地方都是「外國」，他還叫美國人「外國人」。他今年八十五歲，在美國住了六十五年了，他的英文只限於洗衣的價錢、一些應酬話和幾句罵人話。他從不當面用英文罵人，但等對方一轉身他就輕輕罵一句，人家聽不到，自己也痛快。

他一輩子打單身。他一生節省，消遣不外乎在合勝堂或朱氏公所同退休老人聊天和看中文報紙。天氣晴和時，他常到華埠小廣場去晒太陽，有時到街上去餵鴿子。他的國語能聽能說，但帶著濃厚廣東音。因此，他交遊的範圍不大。但他不寂寞，坐在廣場裡的公園椅上，天天有孫中山先生的銅像作陪，有時向「發願池」中扔一個銅板，發個願，說聲阿彌陀佛，發的是什麼願？他從不告人。如有人同他攀談，他會高談闊論，批評世風日下，尤其是夫唱婦不隨，兒子罵老子，奇裝異服，男盜女娼，吃喝嫖賭。對於孔夫子的「不孝有三無後爲大」，他卻一字不提。他一生有個嗜好，就是收藏百元全新鈔票。每到積蓄了一百元零錢，他要到華埠的中國銀行去換一張從來沒有用

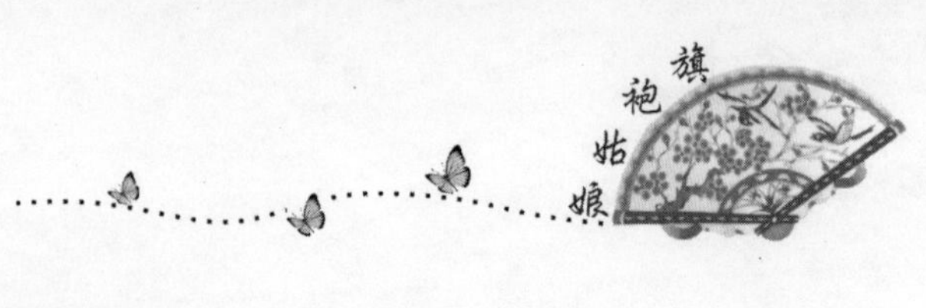

過的新鈔票，如果沒有新鈔，他堅持「訂貨」，或到別家銀行去換。

最近他在中文報紙上讀到到一則新聞：三藩市有一位九十七歲的王姓老太太在一間破舊不堪的公寓裡無疾而終，警察發現她在床底下暗藏了三萬五千元的現款，三個褪了色的鞋盒子裝得滿滿的。幸虧老鼠不吃錢，鈔票上只有些蛛絲和蟲屎。

王老太太一生孤獨，很少與外人來往。死後忽然變得交遊極廣，親友無數，哭哭啼啼的，都來送喪。老朱讀了這條新聞，長嘆世風低落，發誓要把他的錢捐給慈善機構，以免不認識的「孝侄女」、「孝曾孫」來爭他的遺產。

不過，這僅是他要捐款原因之一，主要原因是他的記憶力一天不如一天。最近他在合勝堂洗臉漱口，把假牙忘在洗手間了。又有一次他在孫中山先生銅像下晒太陽，把大衣忘在公園椅上了。他慌得逢人便問，幸好有好心人士指點他說：「到左角的垃圾箱中去看看。」他馬上去翻，果然在破紙和廢物中找到了。他在「許願池」中扔了一大把銅錢，表示感激。

八十五歲大壽的那天，他帶了花生和麵包先餵鴿子，然後到廣場上去晒太陽，坐定後他開始在想，他把錢應當捐給什麼慈善機關。華埠的「堂」、「僑社」和「公所」極多，還有「青年會」，都是捐錢的對象。他又想到一生工作的辛苦，省吃省穿的習慣，許多人說他是吝嗇鬼，他不計較。大家都有嗜好，有人收集郵票、酒瓶、石頭、汽車，甚至於姘婦，爲什麼他不能收集新鈔票？

他又把他捐款的對象想了一遍，取消了青年會，那裡的青年人多不敬老。教堂呢？他信佛也信

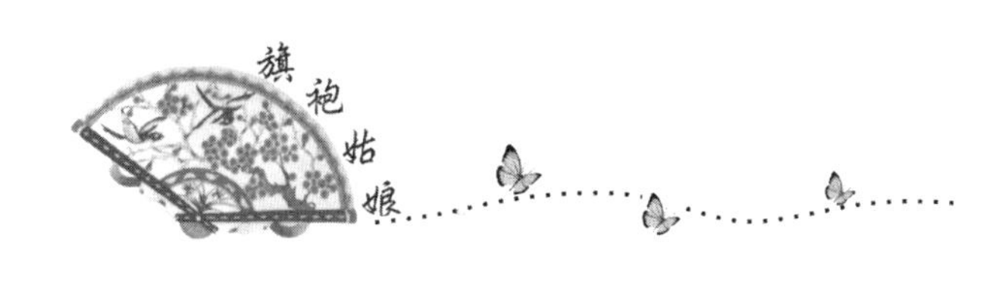

耶穌，但基督教的傳教士從來不談中國的三從四德，佛教很合他的信仰，但佛教堂和天主教堂一樣，錢很多，最近有老外舉行了一個賭博遊戲晚會，一下子就給天主教堂籌到了五千元。他不願讓人把他辛苦賺的錢和用賭博來籌的錢混在一起。

他希望中國城有個孔廟，但仔細想一想，孔夫子可能不歡迎他的錢，他犯了不孝有三的大過，他左想右想，還是把錢捐給華埠的醫院。但是那位院長好像神氣得很，架子又大，要捐錢還要再加考慮。

正午了，他有些餓，他到一家小餐館去吃一頓經濟餐，他在食堂後面坐定，面對入口，把大衣放在旁邊一張椅子上，看了看菜單，發現經濟餐又漲價了，兩年內從二元五漲到了三元五。十年前他只花一元半就可以飽吃一頓。

不過，今天是他的八十五歲大壽，他決心不計較價錢，多叫一個菜，除了鹹魚蒸肉餅外，他還加了一道魷魚炒白菜。

侍者提醒他那是點菜，不是經濟餐了。他說：「點就點，白飯也要兩碗！」

他對於現在年輕侍者的不禮貌可悲，決定付小費時少付兩毛。

菜飯來得很快，味道份量都還滿意，他把自己的銀筷子從口袋中掏出。筷子和煙嘴一樣，要用自己的才衛生。他吃得津津有味，但絕不把菜飯吃得精光，碗碟中都應當有些餘剩，以示豐衣足食。他原想少付小費，但因爲是他的生日，他在桌上放了一元，臨行時又加了五角，把錢重重地在

桌上一放，好像在說：「你看我窮不窮？」

他走到街上，猶疑了一下，他原計劃去一個地方，現在又忘記了。想了一刻，記起來了，他要到醫院去看看。

醫院沒有什麼改變，裡面的藥味也一樣。辦公室裡的小姐們仍在忙著翻帳本、打電話和打計算機。

他問：「你們的院長是誰？」

「他姓劉，您要什麼？」一位小姐問。

「我要見他。」

「有什麼事？」

「我有話同他說。」他答。

「有什麼話？」

「關於一筆錢的話。」

「啊？」小姐微笑著說：「您到右邊的會計處，欠款的事由那裡的小姐管。」

老朱沉住了氣，他對醫院小姐的態度，又輕輕嘆了一口氣。「我沒有欠你們的帳，」他不高興地答：「我來見你們的院長，他叫什麼？」

「劉院長很忙，你要見他，先要有約會。」

「好大的架子。」他想。他決定要見見他，看他的架子究竟有多大。「請妳告訴劉院長，」他不高興地說：「有姓朱的要見他……。」

一位穿白袍的小胖子忙過來問他有什麼事？請他不必那麼高聲說話。老朱說：「這是什麼衙門？你們的院長是什麼大官？」

小胖子拉著他的手臂向門外走，老朱一面走一面抗議：「你幹什麼？你要把我趕出去？」

「我要扶著你，」小白胖子說：「怕你跌一跤把骨頭跌折。」

老朱正掙扎，他忽然發現他的大衣不見了。大衣在那裡？他還沒有叫出來，他的心在刺痛，兩腳發軟，忽然天翻地覆一陣黑，他暈過去了。

他醒來時，他躺在一張鐵床上，他又猛然記起了他的大衣，他正要起身，一青年看護上前將他按住。他慌了，爲什麼人人都穿白衣？是不是他已經一命嗚呼了？

「不要動，不要動。」看護說。

「我要去找我的大衣！」他發慌地說。

「它在什麼地方？」

「我怎麼知道？」

「你不能起來！躺下，躺下。你再想一想你把大衣留在什麼地方了？我替你去拿！」

他想了想，孫中山先生的腳下？不會，他從公園椅上起身時，還特別提醒了自己，把大衣帶著。餐館？菜不錯，價錢不公道，而且招待不周，他還多給了小費，他記得動身出門時沒有拿外衣。他一時記不起那個餐館的名字。

「不要緊，」看護說：「你記起來了，我替你去拿！」

他把餐館的地方描述了一下，看護說：「我知道，我常在那裡吃經濟飯，我去打個電話問一問。」

他焦急地等了一會，忽然一個面熟的青年進來了，他拿著一件黑色大衣，笑著交給他：「對不起，先生，我本要追到街上把它交給你，但要招呼客人，對不起！」他仔細看了這人一眼，對了，是那個餐館裡的招待，身上還穿著制服。

他把大衣接過忙著檢查了一下，是的，這是他的大衣，他已經穿了二十五年了，外面褪了色，裡子有補釘，腰身旁的縫口沒有動。他撕開縫口向裡摸了摸，裡面藏的東西都在。他掏出一張五元鈔票給了這個青年。

「您快躺下，先生，」看護說：「你剛才心臟病發了，快躺下！」

「心臟病？」他說：「廢話，我一輩子沒有病過！」

「請你放心，先生，」看護說：「住院的錢政府會給，您用不著花一分錢！」

「我要去見你們的院長。」他說，還要起身。

「好好好，」看護說：「我去請他來，你不能動，躺下好好休息！聽我的話，好不好？」

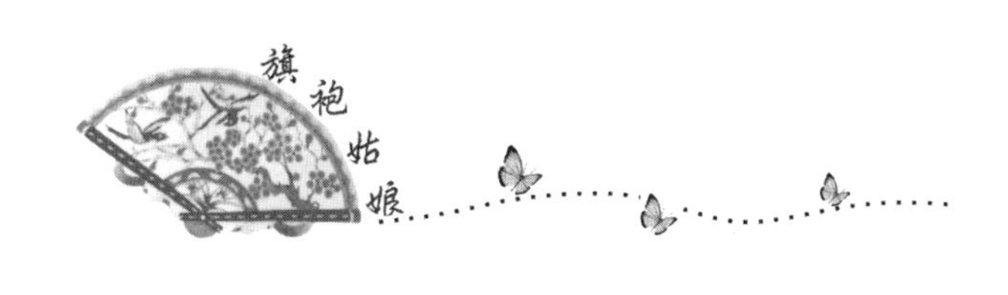

她笑容滿面，但有些對頑皮孩子說話的口氣。看樣子，她二十多歲，身段不錯，鼻子小一點，但有娥眉瓜子臉，十分動人。他聽話地躺了下來，看著她出去。五十年前爲什麼碰不到這樣的好貨色？

不一會，一個有鬍子的中年人進來，看護跟在後面，那個小白胖子也進來了。

「朱先生，」小鬍子說：「我是這裡的劉院長，您有什麼事要問我？」

老朱把他上下打量了一下，面色很正，濃眉直鼻，像一個正經可靠的人。

「你怎麼知道我的名字？」他問。

「凡是住院的人，我們都要查看一下證件，」劉院長說：「你口袋裡有。如果你怕沒錢住院，不要愁，我擔保一文不要你出，好好保養，兩三天後就可以出院。」

「我是你的醫生，」小白胖子說：「明天再做個身體檢查，可能明天就可以出院。」

「我從來沒有病，」他插嘴說：「用不著檢查！」

他認爲他們替他唱窮，實在沒有必要，還是趁早說明，免得他們再說窮話。他把大衣向小鬍子一推：「這是我給你們醫院的捐款，請打開看！」

劉院長笑了：「朱先生，用不著，這件大衣你還是捐給老人院吧，我們這裡沒人穿。」

「檢查也不要錢，」看護忙著說：「放心，放心！」

「打開看，打開看！」老朱說，把裡子撕開：「看護小姐，你來幫忙，把裡面的包包拿出來！」

看護小姐伸手進去，果然取出了許多油紙包，有的還縫在裡面，要用力才能撕開。看護小姐先打開二包，裡面都是全新百元鈔票，每包五千元，小鬍子和小白胖子看得目瞪口呆，說不出話來。

「一共六萬五千元，」老朱說：「你們數清後開收條。」

「你你…你說這是捐給醫院的？」劉院長問。

老朱沒有答話，他雙目已經閉了。小白胖子忙著摸了摸他的脈，搖了搖頭：「登天了！」他深深地嘆了一口氣。

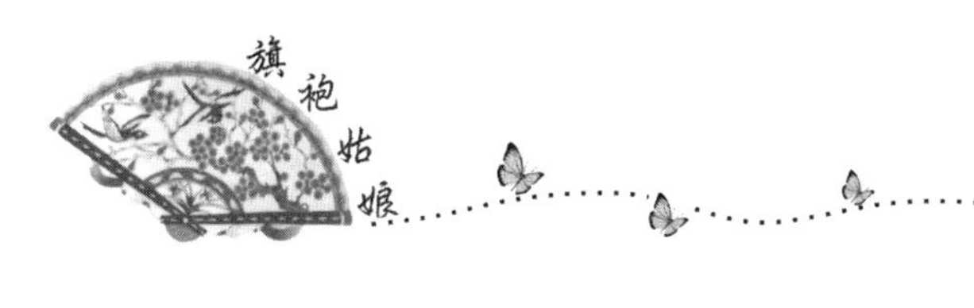

高枕無憂

他和張美珍的離婚已經鬧了一年了。目前他太太寄出了一封威脅信，如果他不早解決，就來苦肉計，不管「家醜不可外揚」這句話，要把他同盛太太的秘密宣揚出來，而且她有照片為證。

王勝接了這封信三天沒睡好覺，萬一他和盛太太的事宣揚出來，不但他的保險生意要受損害，他要競選市議員的夢將完全打破，而且盛太太的丈夫不好惹，他有錢有勢外，還有黑黨關係。

其實，他在外拈花惹草，完全是因為太太先有外遇，他還雇了一個叫潘查理的華裔暗探去找證據。潘是一位竊聽專家。竊聽器是小蟲，後來他才知道也是收音器，小得和小蟲一樣。潘查理曾在一人的帶領下裝了一個小蟲，破了一件很大的販毒案，極得老外的欣賞。

今晚，他正在床上輾轉不能入睡，忽然電話鈴響了。他一聽對方的聲音，就知道是美珍的律師詹姆伍打來的。他的心先痛了一下，詹姆伍律師也就是美珍的情人。詹姆伍的聲音低沉，軟中帶硬，他說如果王先生不願打官司，就在庭外解決，條件很寬容，每月贍養費五千元，所有財產對分，現居的公寓則由妻方獨得，這樣公道的條件，他希望王先生不要再拖延不決，否則王先生和盛

太太在賭城的床戲照片，將拿到法庭作證。

王先生掛了電話，出了一身冷汗，心痛如刀割。他雇了潘查理去拿太太通姦的證據，已兩周無消息。潘查理貌不驚人，做事不緊張，不能靠他了。

他愈想愈痛苦，翻身起床，喝了兩杯威士忌，但他的酒量大，喝酒不能解愁，他把心一橫，要做就做，一勞永逸。

外面的霧大，幾乎伸手不見五指，籠罩在霧中的加威街，是蒙市最熱鬧的一條大道，但午夜後人少車少，坐在車裡只見人影不見人。小台北他認識的人很多，濃霧增加了他的安全感，希望不會被人識破。

他把他的賓士車停在一所四層大樓前，出車後東張西望了一下，沒有來往行人，只有對街一部卡車開過。他定了定心，向樓頂望了一眼。他太太住在四樓的公寓裡，燈已熄。

他們在這所公寓裡住了五年，有兩年的恩愛，三年的不調和，直到太太提出離婚。他不知道今晚詹姆伍律師是否佔了他的床位，睡在他太太溫暖的身邊。他一想到美珍香軟的肉體，他的心又被刺痛了一下。

他微抖的手，取出了一串鑰匙，看了看錶，清晨三時十五分，他深深地吸了口氣，開門入樓。

他走出四樓的電梯時，他希望詹姆伍不在。如果他年輕二十歲，姓伍的在不在他也不在乎，中學、大學他都是運動員，當過大學籃球校隊隊長。

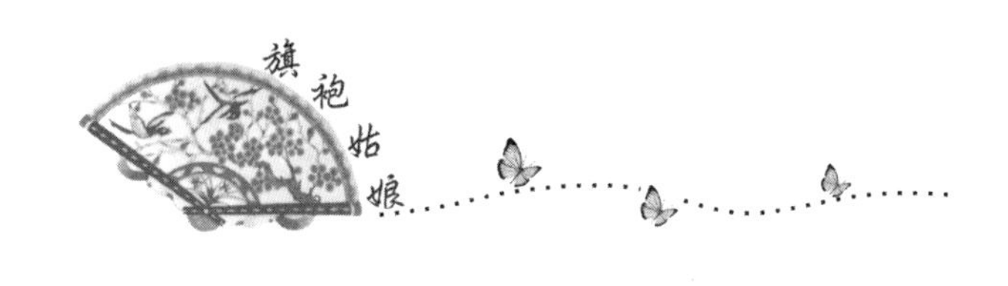

走廊裡的地毯仍舊是厚而軟，他同他太太摟著腰出出進進不知走了多少次，有時還邊走邊吻。早知好景不長，他希望他沒有遇見過她，沒有追過她。他發現人生中最可怕的事是恩愛變成了惡夢。

他把房門悄悄打開，室內仍有他太太喜愛的桂花香。他打開手電筒，客廳中的木器和裝飾仍舊，只有幾盆花換了地方。臥室的門半開，他進去用電筒先向床上照了照。

「是誰？」美珍驚醒了，但她的聲音變得柔和：「詹姆，是你嗎？」

他把室內的燈打開，她太太一見他就呆住了。他走近這張使他心酸的雙人床，瞪著她鵝毛被下的嬌小身體，一陣一陣的心痛，使他說不出話來。

「你來幹什麼？」他太太問。

「美珍，我來接妳走。」他輕輕地說，怕聲音過於激動。

「你走！」他太太不客氣地說：「你走！」

「美珍，這也是我的家，我們還沒有正式離婚呀。」

張美珍從床上跳下來，隔床向他說：

「你不走我就叫警察！」

她正要拿起床邊的電話時，他一把抓住她的手。他用英文說：「跟我走，親愛的。在我們離開之前，我要請你寫一張條子給你的情人。」

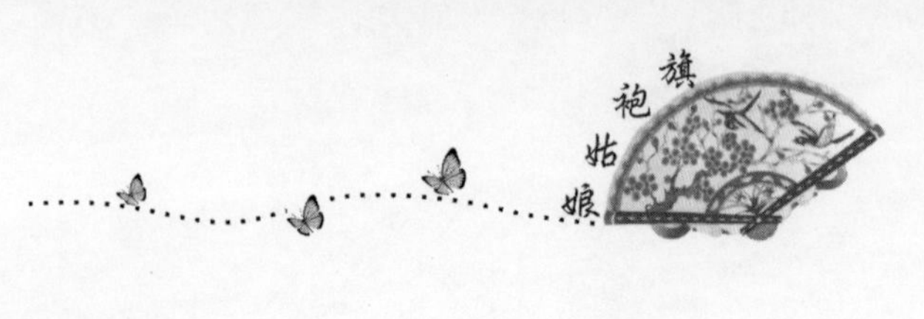

「我不寫。」她用中文答：「放開我的手！」

「輕聲說話，不要吵醒鄰居！」他的聲音略帶恐嚇。她恐懼的樣子使他愛心復活，但他將牙一咬，把她迫到梳妝台旁邊，拿出一張紙。她開始掙扎。

「寫！」他一手挽著她的頸，一手把一柄帶來的尖刀在她頸下閃了閃。

「寫什麼？」她發起抖來了，聲音也緩和了：「沒有筆。」

「用口紅寫，」他說：「親愛的詹姆，再見了，我永遠會愛你，我原諒你的不忠實！」

她照著他的話寫了下來，把口紅一擲。

「好了，放我走！」

「簽字！」他說：「用妳的英文名字 Judy！」

她拾起口紅又簽了字。「你這種犯罪行為是要坐牢的，你知道嗎？」她打起勇氣在質問。

他想用吻來蓋住她的嘴，但馬上又把這個慾念壓制下去。「母狗，」他用英文說：「今後我會想念妳的。」說完他「啪」的一聲打在她的下巴上，她的臉隨他緊握的拳頭猛轉了一下，她馬上暈倒在厚厚的地毯上。

他將燈關掉，拉開窗帘，輕輕打開向街的窗口。外面仍舊是濃霧滿天。他伸首向樓下望了望，街上無車無人，只有明亮的燈光在霧中閃爍。

他把她抱起，走到窗前，先頭後足，把她推出了窗子，不一刻，他隱隱聽見她墜地的聲音。他

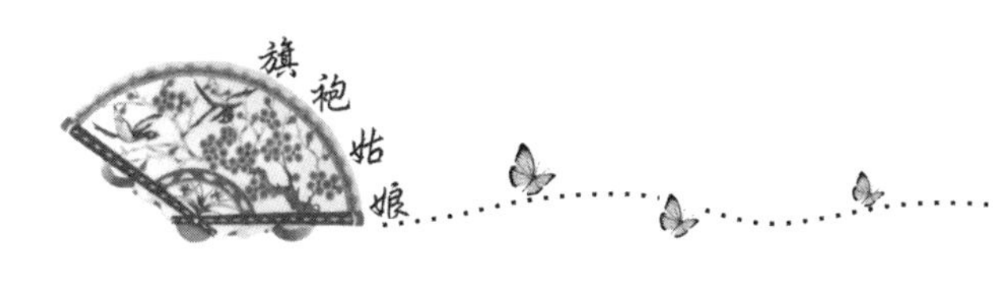

在想，四層樓，應當不會再活吧？

他擦了擦兩頰上的眼淚，又把留下的手印，擦得一乾二淨。

他回到自己的公寓，天還沒有亮。他先沖了一個澡，換上睡衣，倒頭便睡，但又是輾轉不能入睡。

他安慰自己，在想，最近一年華人區有兩件情殺案，一用刀，二用槍，鬧得滿城風雨。他槍刀都沒有用，做得神不知鬼不覺。他的太太因情自殺，責任都在詹姆伍身上，讓他去向法官解釋好了。想到這裡，他漸漸安心起來，高枕無憂，蒙蒙入睡。

他在深睡中忽然被電話鈴吵醒了，潘查理的聲音十分激動。「你雇我幹什麼？你瘋了嗎？」

他的手開始發抖。「出了什麼事？」他問。

「你自己應當知道！」潘查理說。

「我在你太太臥室裡裝了小蟲！誰知道你會去做這樣的蠢事？我的小蟲已收聽了他們通姦的證據，可是也把你和你太太昨夜說的話收了音，現在都被警察帶走了！」

潘查理沒有說完，他把電話掛了，一身冷汗，使他發抖和作嘔，這是不是天意？如果是，只好用笑來收場。

他哈哈大笑一陣之後，燃了一隻香煙，一面猛抽，一面想，他枕下的手槍還有六顆子彈，如果他有個選擇的話，他應當把六顆子彈全部打進詹姆伍的身上。

外面的警哨在尖叫，他知道起碼有三輛警車開到了。他抽完了煙，等著警察來按門鈴。他把手槍從枕下拿出來。他想上浴室，不必了。他覺得很累，累得連起床也不想了。現在，一顆子彈就可以解除他所有的痛苦。

「美珍，」他輕聲地說：「你逃不掉我呀，沒有想到我們又要見面了！」

他把槍口放在口裡，接著外面一陣腳步聲，他不等有人按門鈴，他的槍聲就是他的鐘聲，結束了他四十四年的喜怒哀樂…。

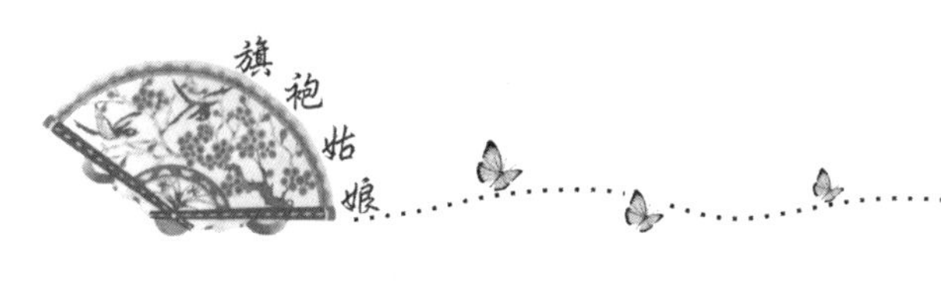

無法改造的丈夫

Martha方是一位常常來往的朋友，她四十多歲，心廣體胖，穿著入時，笑聲洪亮，她常來我家的目的是要「吸收中國文化」。我家裡的所謂中國文化，無非是牆上幾張中國字畫和幾件古董。她是美國第三代的華裔，常常談「落葉歸根」，語言是中英各半，想不起的中國字就用英文代替。如果我從中國帶回來了玉雕或古畫，她一定要不遠千里來觀賞。

她的白人丈夫四年前去世，她發現自己對於中國文化一竅不通，她說一看中國人就有自卑感。遇見白人高談中國政治、文藝和歷史，尤其覺得難堪。近來她決定作「歸根」打算，先同一位中國人結了婚，不料婚後不久她發現新丈夫比她更要西化，她開始了一個改造丈夫的運動，名叫「**De-Americanization of My Husband**」，要大家幫忙。

她先把他帶到我家來改造。Sam Chen是個不折不扣的「香蕉」，外黃內白，他連自己姓陳還是姓程都不知道。近五十歲，白白胖胖，半禿頭，西裝上身筆挺，戴著金絲眼鏡，像個富商，但下身穿的是牛仔褲，厚底休閒鞋。據說這是時髦，是好萊塢名人的最新時裝，常在電視上出現。

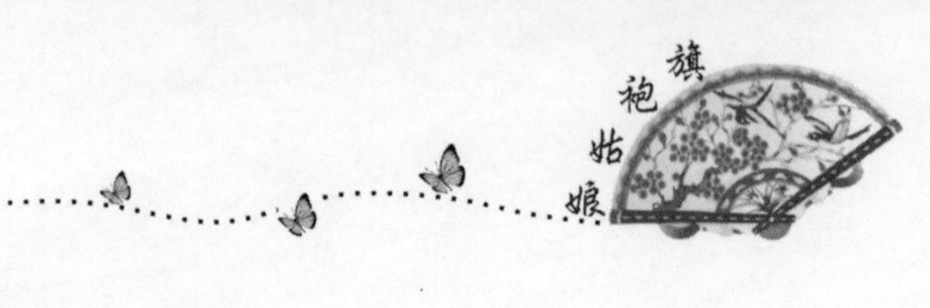

Sam 稍懂些國語，我用中文同他談話，他總用英文回答。當 Martha 強迫他說國語時，他會做個鬼臉，用濃厚廣東音的國語說：「天不怕，地不怕，就怕老廣說官話！」說完大笑，他太太也無可奈何。

在習慣上，他完全西化。我們給他香片茶，他卻要黑咖啡；吃飯時他要刀叉，如果給他倒杯台茅台酒，他一聞就作鬼臉。他說話爽直，絕不假客氣。這也是 Martha 要改造他的項目之一。有一次，她向我借了幾本中文書，強迫她丈夫帶回去看。Sam 中文一字不識，只是苦笑。

那天吃飯的時候，Martha 誇獎我太太的烹飪技術，Sam 雖然點頭同意，但不免要說幾句實話，批評中國菜的普遍毛病：油太多、鹽太多，味精尤其有害，能致癌症和心臟病。他說到這裡忽然皺了皺眉，向 Martha 瞄了一眼，我想 Martha 一定在桌下踢了他一腳。

爲緩和空氣，我笑著解圍，同意他的看法，說味精是化學品，對胃不好，又會引起過敏反應，老外吃了常覺頭痛頭暈。Sam 聽完給我鼓掌，望著太太得意地笑，好像一個天眞的學童，忽然得到了老師的誇獎。

我發現 Martha 的改造工作漸漸走入了歧途。她不反對的意見也強作不同意，總之，凡是 Sam 說好的東西，她總要在雞蛋裡找骨頭。Sam 愈是批評中國菜，她愈是提倡中國菜的做法，青菜要炒得半生不熟，保持維他命；肉要紅燒，把細菌全部消滅，Sam 聽著只是搖頭。她質問什麼食物是天下最好的，Sam 不遲疑地答：「半生不熟的牛排。」

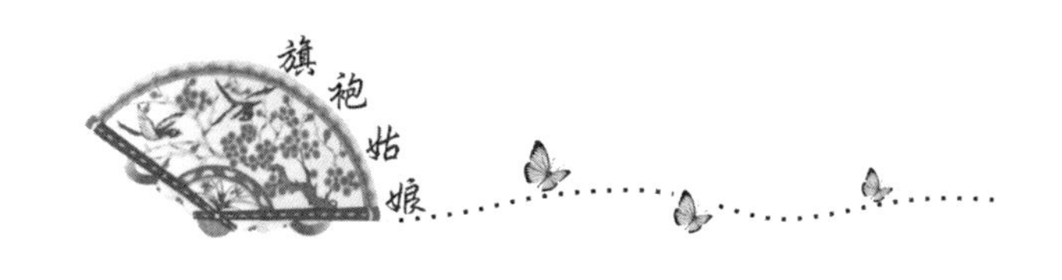

這頓飯吃得不歡而散。告別前我把 Martha 拉到一邊安慰她說：「不要急，慢慢來，總有一天我們會把他改造成一個十全的中國人。」我還告訴她，現在的小台北常有中國的藝術文化活動，不妨帶他去參加，沾染一些中國的人情風俗。

她說已經試過了，Sam 一向反對中國風俗，已經發誓不打麻將、不看京戲、不打太極拳、不拜祖。她苦著臉向我太太說，她丈夫的「四不主義」已經使她失去了一些她對 Sam 的性感覺。

三個月後我太太請他們來吃飯，看 Martha 的改造丈夫工作有什麼進展。Sam 一進門就說他把向我借的中文書忘記帶回來，向我道歉。Martha 說她沒有忘記，動身前她四處找過，四本書都已不翼而飛。她說要按價賠償，我堅持不必，這些書我都看過，也不值錢。我估計那幾本書大概都被 Sam 扔進街邊的垃圾桶裡去了，以免後患。

那天，我們發現 Sam 還是要喝黑咖啡，每星期仍要吃幾次半生不熟的牛排，他仍舊堅持他的四不主義，但有一個小進展，他不反對到小台北去看民族舞。他擠了擠眼說，服裝好看，漂亮小姐眞多。

我太太問他爲什麼不去學學民族舞？他說只愛看，不想學，而且他有關節炎。

「你應當去試試針灸治療。」我建議。

「針灸無科學根據，」他說：「一切效果都是心理作用。」

Martha 聽他一提台灣漂亮小姐就已有一肚子悶氣，無處發洩，現在聽他攻擊中國的針灸，她跳起來指著他的鼻子說：「你有眼不識泰山！」

Sam 沒有聽懂，問她什麼是泰山。Martha 把雙手一伸，叫了一聲：「天那！他真是個無知識的愚夫！」Sam 要她用英文解釋，我看情形不對，趕緊轉變話題，還想試探一下 Sam 的西方學識，我問他讀過《飄》沒有，他作了個鬼臉，說他從不讀現代文學，他只欣賞惠特曼的詩和奧爾夫的名言，他還背了些奧爾夫的名言。他對歐洲的歌劇也很欣賞。

Martha 在家裡曾強迫他聽《四郎探母》。兩人因此吵過架。那個架好像還沒有吵完，現在 Martha 聽他讚賞歌劇，她開始罵不喜歡京戲的是村夫、藍領碼頭工人。Sam 只搖頭苦笑，最後他指出，中國的京戲，唱聲是從喉嚨而出，非丹田裡的原聲，極不自然。

Martha 說西洋歌劇更難聽，唱的人不是唱，是學獅子吼。這場中西文化的爭論漸漸變得很緊張，不但兩人的聲音提高，而且弄得面紅耳赤，使我們做主人的十分尷尬。

Martha 曾學過太極拳，常同我們說：「太極可以空心、果腹、治急躁，帶來太平⋯⋯。」她大概是想用太極來取勝，在 Sam 面前做了幾個太極拳的姿勢，嘴裡在唸著：「退步攻猴，兩手分雲，順手抓住孔雀尾。」這些英文名詞我都沒有聽過，大概是他的丁老師翻譯的。丁老師教洋人太極拳，自己發明了許多半通不通的英文名稱。

談到丁老師，Sam 更要搖頭，他說丁老師的太極拳班僅僅是一個改頭換面的交際場合，給寡婦和離婚婦女一個機會去找對象，給老頭去消磨時間。有些人假裝用太極拳治病，其實是去釣魚，找

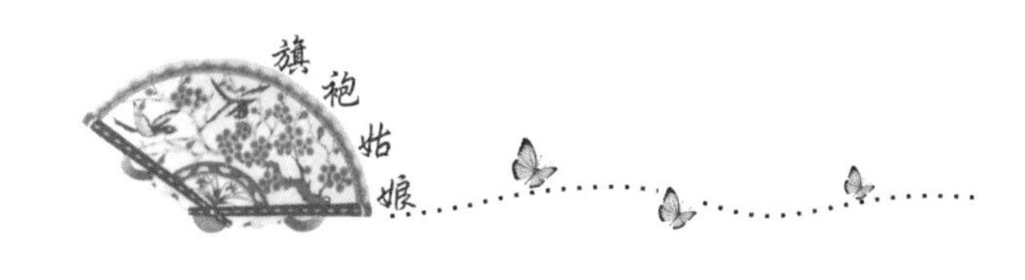

臨時情人…。

聽到這裡，就是太極也不能按住 Martha 的急躁，她指著 Sam 厲聲用英文叫道：「我可以發誓，太極會改善你的心境，給你尊嚴、和平。使你的腹內無亂氣，肚子不亂叫，發洩你的愚蠢！」這些話，除最後一句外，大概也是丁老師編的。

Sam 好像也是氣憤填膺，但他仍在努力壓制。他諷刺地說：「我只有吃中國東西肚子才亂叫！」

「你是個野蠻人！」Martha 還在尖叫：「滿腦亂七八糟，只有太極才能救你！」她展開了一個太極姿勢，好像要打他。

我正要干涉，Sam 站了起來，以洋拳方式防身，但臉上又笑著說：「甜心，妳發瘋了？但是，妳愈瘋愈可愛！」

他說完馬上兩手把她抱起，在她嘴上重重地親了一下。這個親法我在美國電影上看過，學得很自然，這是我第一次看見中國人這樣親吻。這時，我認為 Sam Chen 已經是無法改造了。看 Martha 沒有抗議，大概她也投降了。

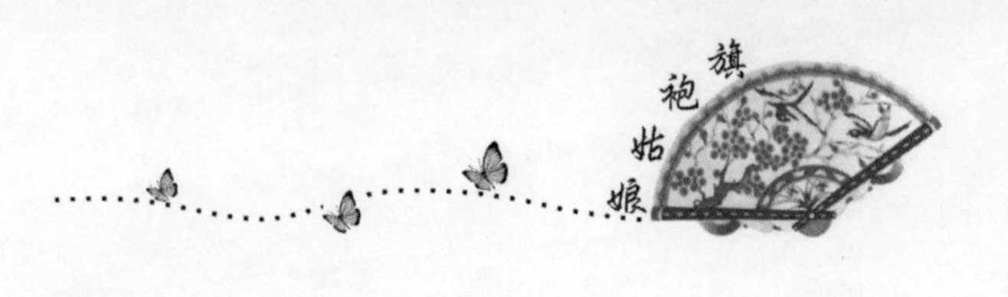

美夢

伍孝余在北京加入了一個團體叫作「美夢」。加入的條件很簡單，大學畢業，二十五歲以下，相信美國月亮最圓最亮。

團員共二十人，他是最早拿到護照和簽證的，其他團員都遇到困難，主要是托福不及格。

去機場的那天，交通擁擠，計程車司機亂按喇叭，超車時幾乎出事。坐在車後的伍孝余看見其他的司機在叫罵，捏了一把汗，他放開女朋友的手。

「喂！開慢點行不行？」他向司機叫。

「你不是要趕飛機嗎？」司機聳了聳肩說。

「我要趕飛機去美國，不是去見閻王！」

他的女朋友芳芳又抓住他的手，向他耳朵裡輕輕地說：「孝余，不管是天堂美國，還是十八層地獄，我都想跟你走。這次托福不及格，真倒霉！」

「好好學英文，」伍孝余安慰她說：「明年一定及格。」

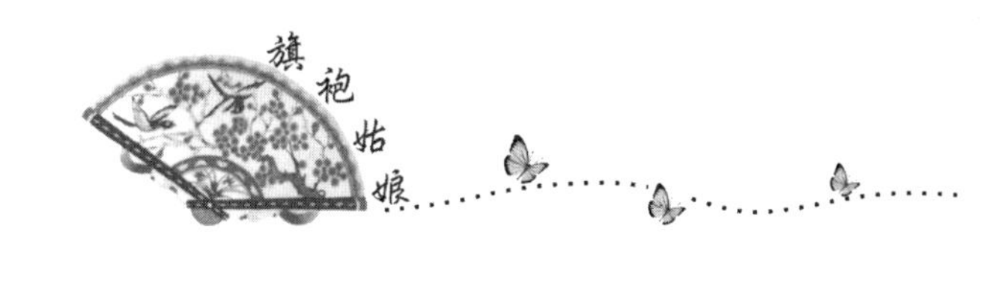

她在他的臉上親了一下：「到了美國你可不能亂交鬼妹女朋友呀！」

「妳…妳放心…。」他有事要講，但難於啓口。

「伍孝余居然口吃起來了，眞是怪事！」芳芳說。

「妳…妳今年去不成美國，能不能把留學費用…。」

「借給你，是不是？」

「我去投資，翻幾翻，可以買幢房子。明年妳來我們就結婚！」

芳芳從皮包中取出一個厚厚的信封，笑著說：「知道你會打算盤，錢帶來了，一共三千美金。」

伍孝余又高興又驚訝：「妳怎麼知道？」

「認識你三年了。你的心眼兒，身上有多少痣我都摸清了！」

他笑著在芳芳的臉上親了三下。芳芳側著臉問：「孝余，這幾個吻是情還是錢？」

伍孝余提著行李向候機室大步走去：「美夢」團員有個志願，看誰先達到「美夢成眞」的目的。在這個競賽中，他先開了步，又有三千元的資本，如果美國眞是遍地黃金，限自己三年內發財，不會過火。他一興奮，腳步更有力，一步當兩步地向前走。

前面有位年輕小姐，拉著一個帶輪的皮箱，走一步停一步，皮箱東倒西歪，肩上的大皮包，也在不斷地往下滑，她一面掙扎，一面看是否有人幫忙，樣子可憐又著急。伍孝余上前順手將她的皮

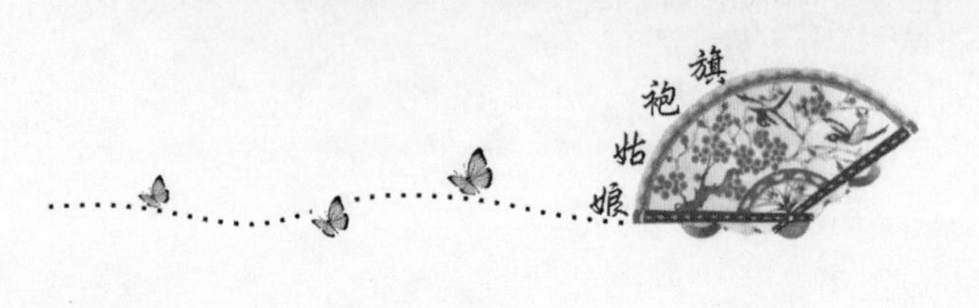

箱提起：「不要誤了飛機，」他微笑著：「我替妳提。」

「呵，多謝了！」她感激地說。

「去美國？」

「你怎麼知道？」

「一看你就像個留學生。」他介紹了自己。王琳達也介紹了自己。在候機室他們坐在一起。她說她到美國去結婚。

「未婚夫是美國公民嗎？」他問。

「當然呀！」她說：「否則結什麼婚呀！」

她很直率，但是自己的事她不願多說。他知道漂亮小姐的美夢很簡單：「大汽車、大洋房、好老公。」

「在美國，」他說：「漂亮是本錢，追求的人多。」

「那也不一定，」王琳達說：「本事第一，我有一個女朋友，不好看。她拍胸脯說過，到美國一年內結婚，兩年內做公民，三年內拍個電影，四年內成名。她成名倒沒有，前三項都做到了。」

她似乎很有把握，伍孝余懷疑她說的可能是她自己的美夢。他還想同她聊，但兩人在飛機上的座位相距很遠，他決定到了美國，再交換住址電話。

中國留學生一到美國就急著要去找工作。伍孝余註冊後就去學開汽車，有人說開車送比薩比在

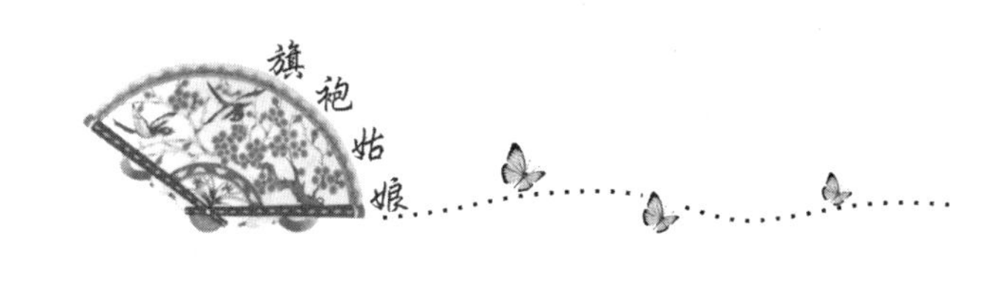

餐館打工好。但送比薩要自己買車，而且路不熟，他只好上餐館找事。他決心不做侍者，一位台灣餐館老板說他可以做炒鍋，即主廚的助手，洗菜、切菜和做其他打雜的事。

「留學生聯誼會」替他安排了宿舍，招呼很周到，會長對他的進取精神很佩服，在歡迎會上還特別介紹，博得不少掌聲。好開始，他興奮，他想不等畢業，一定要「美夢成眞」。

鳳凰宮生意很好，外面的四位女招待，都是中國留學生，穿著白衫黑褲，忙著上菜，有一個學戲劇的，拿出演戲本領，笑嘻嘻地討客人喜歡。老板丁先生在旁觀察，暗中點頭微笑。

後面的廚房裡，卻烏煙瘴氣，聲音嘈雜。大廚老張在炒菜，三個幫廚在切菜打雜，兩個墨西哥人在洗碗。伍孝佘，名爲幫廚，在做二廚的事。他穿著白制服，頭上戴個白色高帽子，專管煎魚。他做事生疏，狀頗滑稽。

張大廚說：「小伍，你站著離油鍋愈來愈遠。不用怕，油燙不到你的屁股。」

「大廚，」伍孝佘說：「我學經濟，天天要翻書打字，手眼都很寶貴，明天還是給你洗菜好了。」

「昨天客人說菠菜有沙，是你洗的。」

「大廚，聽說你常到跑馬場的賭場去玩 blackjack。明天菠菜有沙，我輸你十塊；無沙，你付我十塊。」

「在廚房不能賭錢。」張大廚說。

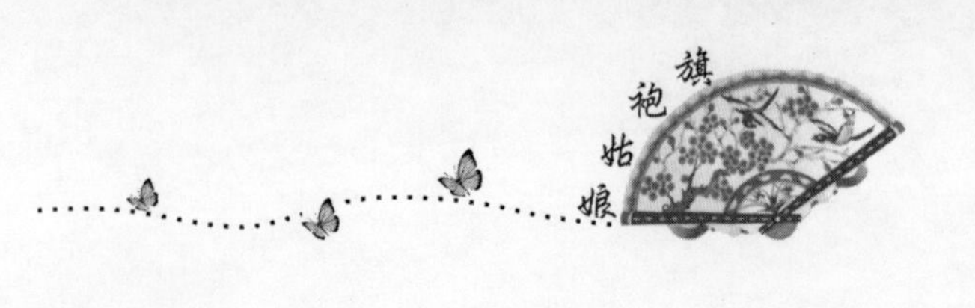

「丁老板那麼厲害？」

「他痛恨吃喝嫖賭。少說話，快煎魚！」

他同張大廚很談得來。張大廚看他是大學生，也特別禮遇，談話不分階級，還要教他炒菜。兩人還打算將來合作開餐館。

一個月後伍孝余租了一間套房，準備做包飯生意。中國學生不喜吃洋餐，知道伍孝余要中餐外賣，每盒三元，都爭著去買。他每日可銷二十至三十盒，收入不錯。他心想，只要苦幹，美國的月亮果然又亮又圓。

某日，伍孝余一進餐館，丁老板馬上迎上去，低聲地說：「伍先生，能不能到我的辦公室去談談？」

「當然。」他跟著丁老板走進一間小小的辦公室，以爲老板要升他爲正廚。

丁老板面無表情，請他坐下。他在辦公桌前坐下，笑著說：「丁老板，您眞會做生意，把餐飲管理得有條有理，大家一團和氣，高高興興…。」

「伍先生，」丁老板插嘴說：「你在這裡三個月了，我很感激，不過你帶回家的食物太多了。」

「你不是允許我們帶食物回家嗎？」

「我們的規矩是你可以帶當天剩下的食物回家，」丁老板仍舊是面無表情地說：「不是所有的

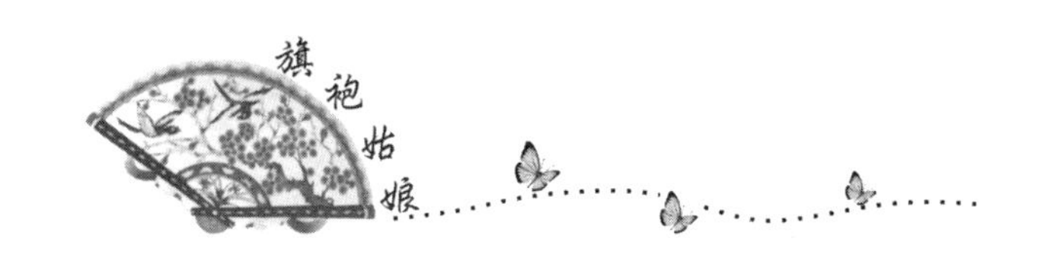

食物。最近我們的食物成本增加，而收入沒有上漲。經調查，發現你帶走的食物很多。我們不願意宣揚，也不去報警。就這樣辦吧，從明天起，就請你不必再來。」

次日晚上伍孝余同張大廚在附近一小茶館飲茶。二人都是愁眉苦臉。「張大哥，」伍孝余說：「白做了一場夢，都是我連累了你。」

「放心，」張大廚說：「丁老板沒有我，拿不出菜來，我的飯碗打不破。你沒告狀，一人擔當，算你有種。」

「你在美國這麼多年，」伍孝余問：「有什麼好的投資機會？」

張大廚笑了笑：「除賭錢外，我什麼都不懂。不過，有個朋友說炒期票可以賺錢。一星期內五百元可以變成兩千。」

「你試過沒有？」

「哪有錢試？連賭賬都還不清。你要試，我可以介紹。」

「你那位朋友是誰？」

「一位老處女。她看見你這樣的漂亮小伙子，會把你一口吞掉！」說完他哈哈大笑。

「現在失業了，」伍孝余說：「誰來吞都歡迎。」

劉金鳳，五十左右，滿臉脂粉，正在招待一位油頭滑面的中年男子，George 白。門鈴響，她急忙開門。「不用問，」她說：「你就是伍先生。請進！」

他把伍孝余帶到沙發前。「George，給你介紹一個新顧客。」

George 白與他親熱地握手。「你們談發財，」劉金鳳說：「我去煮湯圓宵夜。George，只許你們賺，不許虧本！」她笑著摸了摸伍孝余的臉，扭著腰到廚房去了。

「伍先生，你炒過期票嗎？」George 白問。

「是不是炒股票？」

「比炒股票賺錢快。你知道希拉里夫人是誰嗎？」

「是不是美國總統夫人？」

George 白伸出一個大姆指：「到底是大學生，見識廣！希拉里夫人在做總統夫人前，用了一千元買期票，兩個月內賺了二十五萬元。你有多少資本？」

「三千元左右。」

「要是有希拉里夫人那樣好的運氣，擔保三千元會變成七十五萬元！」

「你自己炒不炒期票？」伍孝余問。

「我是期票經紀人，那有打魚的不吃魚？我把我最近的記錄給你看。」

他在公文包中取出一疊記錄。「這是我的公司，這是投資人的姓名，George 白，十月份投資五千，兩星期變一萬九千；十一月份投資二萬，三星期後變四萬二千。我買的期票是蔬菜和水果。南方大水災，水果蔬菜價大漲。現在橘子缺貨，價錢要暴漲，你要拿五萬來滾，一年內可能做個百萬

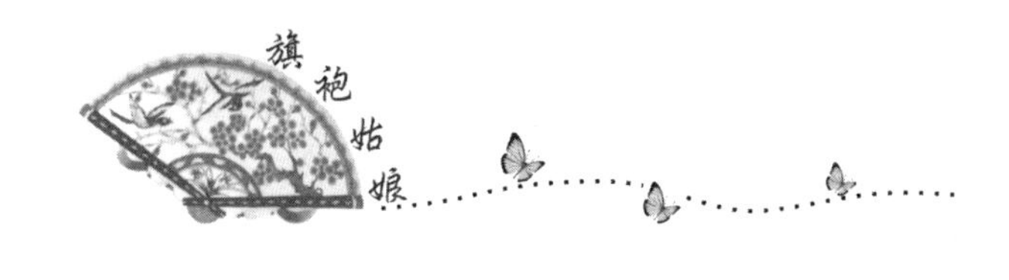

富翁，你能不能籌到五萬？」

伍孝余笑了笑：「你要我去搶銀行嗎？」

「你如果拿三千來投資，把賺的錢都加進去滾，三千變五萬是不成問題的。」他拿出一張合同：「你要試就在這裡簽字！」

George 白在一小桌上打電話，門一開伍孝余氣沖沖地走進來，George 白忙掛線。

「白先生，」伍孝余不客氣地說：「電話上你說總是忙，我來看你到底忙什麼！」

「伍先生，」George 白不高興地說：「不預約我不能見你，這是美國規矩！」

「期貨炒了三個月，愈炒愈糊塗。我要查帳！」

「我把帳給你看。你電話上的話我都錄了音，你說我騙你，我可以告你破壞名譽！」

他把一疊紙從抽屜裡拿出來，向前一推。

「你自己看，是不是假帳？時機不對，橘子沒有漲價，你怪誰？」

「你說我的三千都虧了，我不相信！」

George 白拍著他的一大堆紙：「盈虧都有白紙黑字，最後炒的一票是棉花。最近棉花大進口，把價打垮，你怪誰？」

「你拼命勸我買，你要負責！」

「炒期票同買股票一樣，有得有失，你怎麼能怪經紀人？」

「你讓我把賺的錢加進去滾，錢都滾到你自己的口袋裡去了！」

「我警告你，」George 白站起來指著伍孝余的鼻子說：「你再要血口噴人，我們法庭見！」

伍孝余氣得握拳要打人，白挺身不讓。

「你打我？我就抓你上警察局。在美國，人人都有抓人的權力，叫做 citizen's arrest，懂不懂？」

兩人互相怒視，George 白是美國公民，如果上法庭，一定有那位老處女助陣。伍孝余無奈，只好忍氣吞聲急急離去，自嘆倒霉。

他下午回校上課，坐在校園的榕樹下發愁。中國的男女學生，緊夾著厚厚的書和筆記簿，出出進進，匆匆忙忙好像都有一個美國夢，他希望知道他們做的是什麼夢。他也想起了同機來美的王琳達，是不是結了婚？她的夢是不是做得很順利？

上課的時候到了，他提起書包，慢慢地、心神不定地走進課堂…。

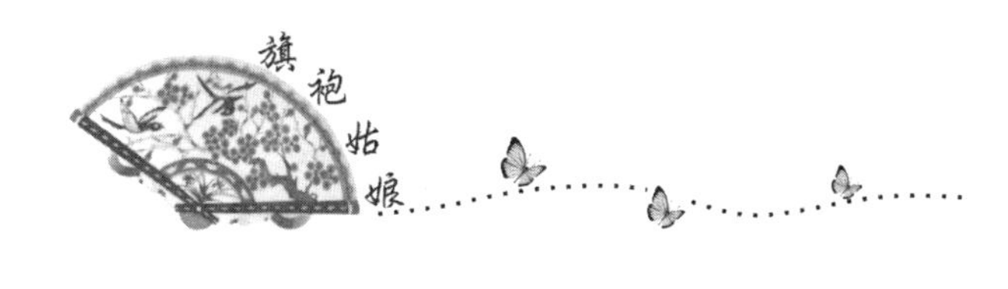

汽車洋房好老公

坐在麵包車裡，王琳達在想台灣的男朋友陳亮，也想了想在北京飛機場認識的伍孝余。她常常分析男人，是不是丈夫的料？是不是打鼾？是不是偷情？是不是小氣？她把陳亮和伍孝余比了一比。陳亮有條件，沒有電；伍孝余很帥，電很足，是不是有條件？在她認識的男人中，好像都大有疑問。

麵包車還沒有開到旅館前，司機說：「這就是美國的小台北，小台北愈來愈大，已經變成了小中國⋯。」

王琳達向窗外一看，果然四處都是中國招牌，街上都是中國面孔。她看著一輛一輛的豪華汽車，心在跳：「美夢成眞，大有希望！」

麵包車停在一間小旅館前，門前貼了一張長布條，上面寫著：「歡迎新到的中國留學生。」男女學生十二人，談著笑著下了車，大家忙著搬行李，聯誼會會長劉長青拍著手作報告：「同學們，先住兩天小旅館，下星期我同小毛蟲帶你們搬到學校的宿舍去。」

小毛蟲就是麵包車的司機，圓臉小胖子，他幫一個女同學提著一件行李，喘著氣在叫：「小毛蟲是我的外號，以後叫我小毛。我們的劉會長也有個外號，叫店小二。這個旅館就是他的。」

一個男生高聲問：「有沒有折扣？」

劉長青身材高大，聲音洪亮，他笑著說：「白住，不要錢！」

「他的旅館常有空房，」小毛說：「不住白不住！」

旅館雖小，外面有花草，很整潔，王琳達很佩服劉長青，他曾說過，來美時他也是兩手空空。晚上在附近一家餐館吃晚飯時，她搶著坐在劉長青的旁邊，禁不住問了問他開旅館的經驗。

小毛插嘴說：「跟他學做生意要當褲子，他還要靠助教的薪水來買麵包！」

「小毛蟲的話不錯，」劉長青說：「美國不是遍地是黃金！」

「劉會長，」王琳達笑著問：「你這話的意思，是不是『此地無銀三百兩』？」

劉長青沒有答，只是哈哈大笑。

坐在他另一邊的也是個女生，叫孫瑪麗，來美學藝術，長得秀氣，說話細聲細氣，羞答答的。她紅著臉問劉長青在美國打工有什麼。他說在餐館打工最普遍，另外是替人停車、做管家婆和看孩子。他問孫瑪麗爲什麼她要急急打工？

「我學美術，」她說：「怕挨餓。」

劉長青笑著說：「將來最有錢的恐怕是妳。昨天的報上說，一幅油畫拍賣了四百五十萬元！」

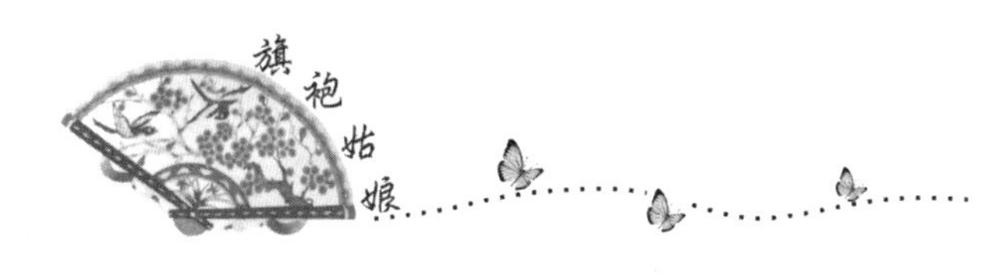

「那是歐洲的古畫，」小毛說：「畫家要死後才能發財！要馬上發財只有兩條路，修理汽車和修理水管！」

「小毛蟲，」劉會長說：「你忘了？搶銀行發財更快！」

王琳達聽得很高興，劉長青又帥又輕鬆。她有個美國夢，大洋房、大汽車、好老公。她又把台灣的男朋友陳亮和劉長青比了一比。陳亮曾說過：「妳到了美國還要我的話，給我來信，我會馬上丟下一切，飛去找妳！」陳亮四十多歲，小鼻子，厚嘴唇，比她大二十多歲，比她矮半個頭，但爲人和善，誠懇，大方。他說他不是什麼大亨，但是有錢在美國買幢不大不小的房子，供她讀大學，畢業後她可以做主婦，一生不愁吃喝。現在她遇到了劉長青年齡相當，貨眞價實，又是近水樓台，拿陳亮同他比，實在是相當相形見拙。

第二天晚上，聯誼會舉行了新留學生歡迎會，王琳達一進門就忙著找劉長青。有人問：「王小姐，發財沒有？」

她恨恨地望了他一眼。她和同來的十多位學生，沒有什麼親切感，但她對劉長青的電愈來愈强。

這時，劉長青站在講台前舉了舉手，向大家說：「諸位同學，有兩件事報告：第一，我找了幾家中國餐館，他們要雇人，有興趣的可以自己去接洽，我有名單地址，請來要⋯。」

王琳達舉手問：「劉會長，有沒有好一點的活兒？在餐館打工好難爲情呀！」

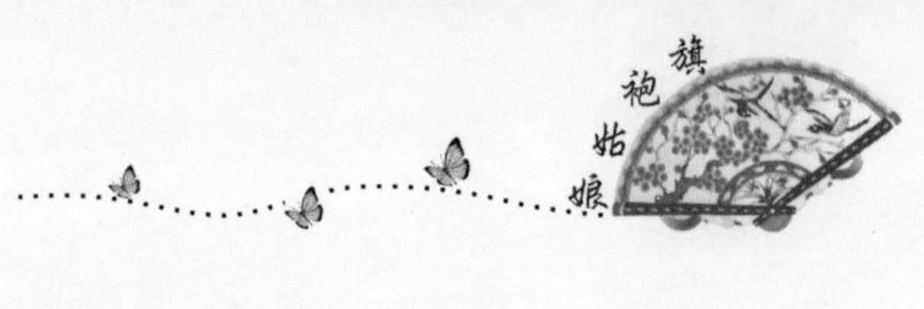

劉長青望著她笑了笑，潔白的牙齒，笑得好甜。接著他轉臉向著大家說：「在美國打工不是丟臉的事，百萬富翁的兒女都端過盤子。對於不能吃苦的人，美國不是黃金地，是黃土地，連野草都長不出！」

他這幾句說得大家熱烈鼓掌，王琳達有些尷尬，後悔不該問。劉長青又說了第二件事，周末他要帶大家坐麵包車去逛逛，他做導遊，小毛蟲開車。孫瑪麗問她能不能在車上寫生。小毛搶著說：「坐在司機旁邊，什麼風景都先看見！」

「如有性騷擾，」劉長青笑著說：「先向我報告。」

王琳達目不轉睛地望著劉長青，潔白的毛衣，緊緊的牛仔褲，蓬蓬的頭髮，愈看愈帥。星期日出遊，她又搶先坐在劉長青身邊，孫瑪麗拿著畫冊，坐在小毛右側，笑著臉，開口閉口總是「謝謝」、「對不起」，好像一生都有感激不盡的心態。王琳達看著她很不舒服，不知什麼男人會喜歡這麼乏味的小姐。

劉長青有說有笑，她不知道他是否有了情人。如果有，她也不能輕易放棄。討男人喜歡，她有一手。

車一開劉長青就開始作導遊報告，口齒伶俐，說話幽默，汽車開到環球影城時，他說：「在美國的中國人有三種，第一是我們窮秀才，第二是小台北開賓士的大老板，第三是看不見的超級富翁，事業打著老外招牌，工作人員也都是老外。」他指著遠處一座大建築物：「豪華希爾頓大飯

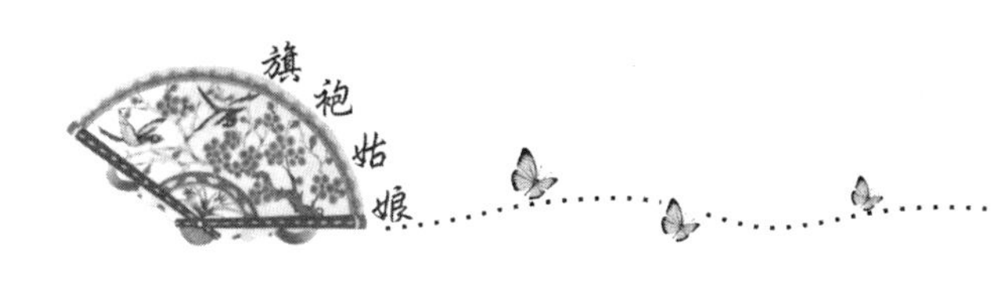

店，老板是台灣人！」

「劉會長，」有人問：「你認識他，給我們拉些關係行不行？」

「如果我有關係，我早就到那裡去當腳夫去了！」

大家笑得很開心。王琳達在想：「大汽車大洋房還沒有，好老公已經碰到了！」

麵包車遊歷了好萊塢、比利華山和海濱，孫瑪麗不停在用鉛筆寫生。好萊塢的畫最出色，有街景、有露大腿的妓女、非男非女的中性人、顛顛倒倒的醉鬼、長髮披肩的詩人和畫家、光頭帶耳環的打手、滿臉黑鬍的怪物、她一共劃了十二張，每人送了一張，大家高興，一時車上的笑聲謝聲不絕。

劉長青說：「在美國，時間就是金錢，做一份事賺一份錢。瑪麗的畫每張至少值五元，我先付！」他把小毛的棒球帽取下，將自己的五元先投在帽裡，然後將帽傳著收錢。孫瑪麗紅著臉收下了七十元，不斷地向大家道謝。

晚上，王琳達在一家餐館打工，她想學怎樣收盤子，把五個盤子放在一個手掌上，不料一滑，所有盤子都紛紛落地，摔得粉碎。李老板忙過來幫她收拾。她抱歉，請李老板在她工資裡扣錢作爲賠償。「不用，」李老板說：「散工時請來辦公室，我有話同妳說。」

她以爲李老板要親自教她怎樣拿盤子，不料他給了她兩天的工錢，請她明日不要來，他說他觀察過，她是位千金小姐，不宜做這種工作。她難過了兩天，經不起這種被拒絕的打擊。晚上她寫了

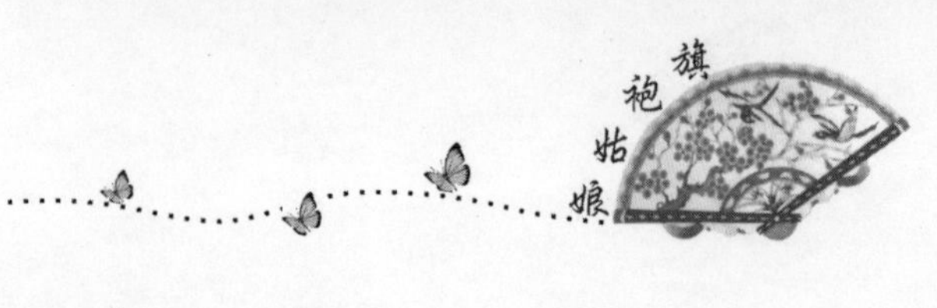

一封長信給台灣的陳亮，閒談了兩頁紙，最後才寫她要說的話：「我很想你，你來吧。」

次晨她去上課，兩次經過郵箱，沒有將信投郵。她一想到劉長青，一陣舒適的感覺就湧了上來，好像打了一劑强心針，使她衝動興奮。下午回家後，她想找個原因給劉長青打個電話，請他補習英文？似乎過火；請他吃飯？又好像過急。想來想去，還是設法在校園偶然碰見比較自然。但她必須打聽清楚他授課的時間和地點。

晚上她不想自己做飯，決定搭公共汽車到小台北去吃碗牛肉麵。她在車上遇見了小毛，他夾著一張畫，說孫瑪麗已經在街邊賣畫了，每張五元，他買了一張：「像不像我？」他問。

她看了一眼，不禁笑了，孫瑪麗把他畫得像一個貓頭鷹，但小毛不在意，說瑪麗成了名，這幅畫會使他的身價大增。她可憐孫瑪麗，她認爲在街上賣畫、拉琴、打鼓、吹喇叭都好像是乞丐討錢，將來有誰要？

她走到牛肉大王門口，正要進門就看見劉長青和孫瑪麗在一個角落裡親親密密地談話吃麵，她馬上退出來，好像被人潑了一身冷水。

她從來沒有這樣失望過，她心痛，發暈，不想回家。寫給陳亮的信還在皮包裡，她拿了出來向一個郵箱急急走去，不料到了郵箱又遲疑不決。她向前走，狠心要把劉長青忘記。她又想起在北京飛機場認識的伍孝余，很瀟洒，會談笑，樣子也不錯。當她拉著東倒西歪的箱子、非常狼狽的時候，他一手替她提起，幫她送到行李登記處。她不應當告訴他，她到美國去結婚，好像她的美國夢

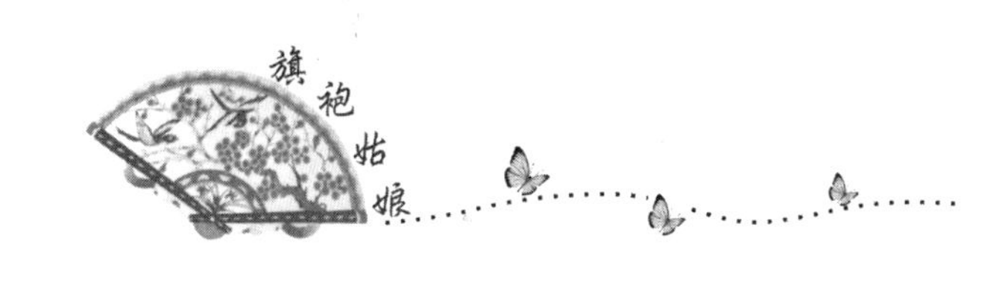

已經做成了。她不免太急，一切都要留個後路。但伍孝余好像也很有把握，以爲美國遍地是黃金，不知道他拾的是黃金還是石塊。他很討人喜歡，大概喜歡拈花惹草，如果她不是個年輕漂亮小姐，他會不會替她提行李？她很想更進一步地認識他，後悔沒有同他交換通訊處。

她又想了想陳亮。陳亮答應她買不大不小的房子住，一生不愁吃喝。她想到每天陪他看電視，幾個孩子在腳下哭哭鬧鬧，她不禁打了個寒噤。晚上在床上他呼呼大睡鼾聲震耳。她醒了，發現他的兩手在她身上亂摸，她覺得一身冰涼。等他爬到她身上時，她想尖叫，跳下床來躲在洗手間裡裝頭痛拉肚。天呀！不說不大不小的房子，豪華大廈她也不要住；一生吃喝不愁，就是山珍海味她都不願吃……。

她深深吸了一口氣，把給陳亮的信撕得粉碎，急急過街，把信扔到對街的垃圾桶裡去了。她喘著氣，擦著淚，不擇方向地向前走，好像這就是她的前途，漫無目標。

她決心轉身回家，走過牛肉大王時，她不敢向裡看，她不忍再看見劉長青和孫瑪麗在那裡卿卿我我，但劉長青的聲音好像還在她的耳邊叫：「美國不是遍地黃金，也有黃土地，連野草都長不出！」

她經過一家西人咖啡店，門上有一張牌子，上面寫著：「求幫工」。什麼幫工她不知道，也許是洗碗打雜。她又深深地吸了一口氣，把心一橫，推門進去了……。

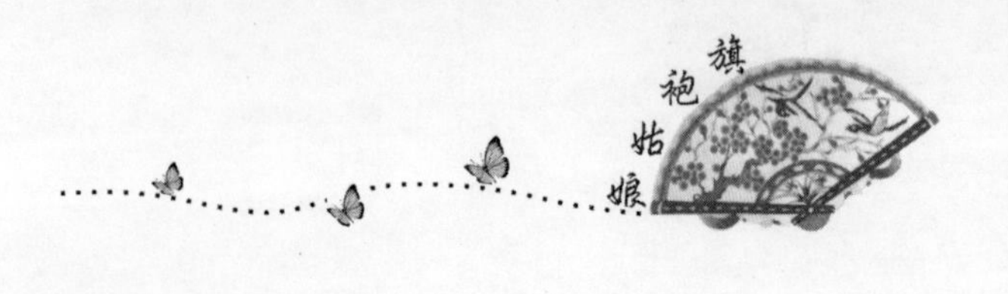

二花爭蜂記

王瓊尼是個花花公子型，褲袋裡總有一大把鈔票。他很慷慨，無論在什麼場合裡，總是一手搶帳單，一手掏鈔票。他天生有個好嗓子，唱歌不到一年就成了香港的歌王，婦女爭先恐後地要摸他，要他簽字，搶他的領帶和手巾作紀念。

洛杉磯聖蓋博谷華人區新開張的紫禁城夜總會，重金禮聘他來美表演。他特殊的服裝和形態成了他的招牌——蓬蓬的黑頭髮，西班牙式的鬍子，黑色飛行員的大眼鏡，雙排扣紅色上衣，綠色長褲，尖尖的鱷魚皮鞋。這樣的照片登在廣告上十分醒目，婦女歌迷搶著買。

他登場不久，就發生了「女人問題」，也就是「性騷擾」，追他最起勁的是一對姊妹花，吳簡尼和吳莉拉，有名財主吳大欣的千金。但簡尼高頭大馬，膽大妄爲；莉拉小巧玲瓏，秀氣斯文，微笑時的兩個小酒窩，很快就把瓊尼迷住了。

瓊尼登場，天天爆滿，不久他就成了華人社區中的「百花蜂王」，有的女士竟公開要他「播種」。他的中文名叫王昆山，除歌王蜂王外，還有人叫他做昆山王。他宣佈什麼王都不做，他喜歡

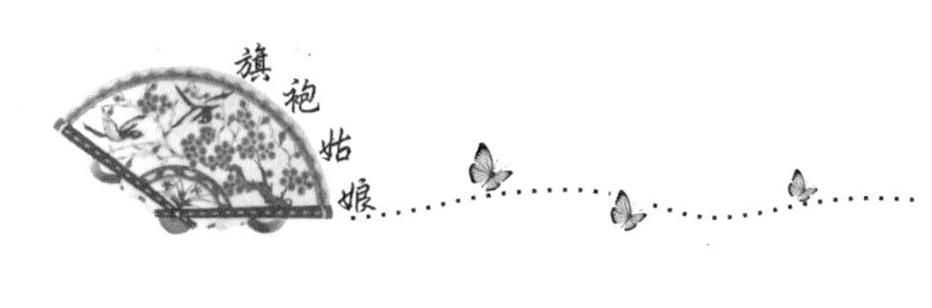

的名字是王瓊尼。不懂英文的就叫他「漿泥王」好了。

紫禁城的老板，每天收場之後，數錢的時候就把瓊尼當了財神，堅持要給他百分之二十的乾股。瓊尼做了股東，房東吳大欣也想在他身上多賺幾文，馬上把房租從五千元漲至七千元。夜總會老板張天衛一聽就氣暈了，但瓊尼安慰他說，和氣生財，增加的房租由他負責賺回來。張老板知道他在追求房東的二小姐，只好忍氣呑聲，笑著說：「只要有財神在，不怕沒柴燒。」

爲增强歌舞陣容，瓊尼公開招考四名新舞女，應考的第一位就是吳簡尼，她穿著肉感的短裙，在台上扭腰踢腿，擠眉弄眼翻跟斗，愁眉苦臉的瓊尼看得坐立不安，沒有等她跳完就向她說，第一，她是舊家庭出身的小姐，跳這種舞有犯家規；第二，她長得太寬太大，不合他的要求……他還沒有說完，簡尼指看他的鼻子提醒他，她父親是紫禁城的房東。瓊尼說他們有長期租約，一切有法律保護。雙方指手劃腳地爭論了一刻，簡尼一氣跳下台來，轉身向他用英文說：「好，我去同爸爸說，看你怕不怕！」

瓊尼和她吵過嘴，軟硬方式都用過，但總是以責備頑皮女學生的態度來處理。他苦笑著向她說：「好，妳去告訴妳的爸爸，我一生中最大的願望就是用一籃蕃茄打他的方塊臉！」

瓊尼追求莉拉，遇到很多困難。吳大欣對男女婚姻十分嚴格，不但要門當戶對，而且要看八字。他曾替莉拉選中一位八字相當的對象，但莉拉一見照片就宣佈要去做尼姑。一個撒嬌，一個吹鬍子，使母親吳太太十分爲難。但瓊尼畢竟是情場高手，知道怎樣先爭取母親的歡心，每逢過年過

節，他送的人參燕窩都是大量的上等貨，而且包裝特別精緻，他的甜言蜜語，由莉拉傳到吳太太耳裡，也常常使她喜笑顏開，替他在吳大欣面前說了許多好話。

當吳大欣的心軟了，簡尼就開始發慌了。莉拉知道姐姐在吃醋，也顧不了姊妹情，急急要把瓊尼搶到手。她問瓊尼道：「簡尼告訴我，你也喜歡她，是嗎？」

「鬼話！」瓊尼恨恨地說。

「瓊尼，你要是真的愛我，」莉拉紅著臉：「我們可以私奔。」

「親愛的，」瓊尼苦著臉答：「我每天要演出，這是我的事業呀！」

「好吧，」莉拉不高興地說：「事業自然比我重要！」

她正要走，瓊尼一手把她抓住，他向她發誓，他只愛她一個，如果她不信，他們馬上可以結婚。那晚，一個長吻緊緊地打了他們兩人的心結。

次日，莉拉來了電話報喜，問瓊尼是不是可以找人給他寫個人保證書，說明他的身世清白，道德高尚，莉拉說這是她父親的要求。作證的人不能是任何阿貓阿狗。如果證書合格，她父親會請小台北的名法師峨嵋道人去擇個黃道吉日，並請洛杉磯市長做證婚人。

瓊尼聽了有些發慌。證人與證書無問題，但知道他身世的人卻一個沒有，連他自己也不知道他的來歷。他只知道五歲時被父親拋棄，母子相依爲命。他小時賣過橘子，擦過皮鞋，在餐館打過工。父親是誰，他母親從來不提，但他記得看過他的一張陳舊的照片，穿水手制服，歪帶著水手

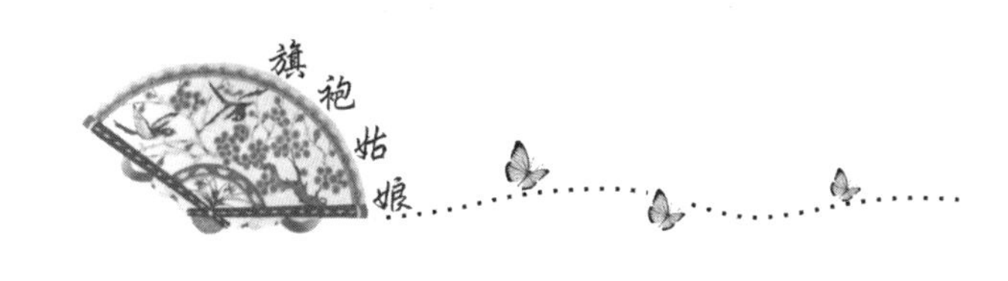

帽，一手插腰，樣子很神氣，有些像他。

他打了一個電話給香港派來的《虎報》記者丁奎，請他寫個證明介紹他的家境和他的才華。不等丁奎拒絕，他說：「小丁，你寫過小說，會扯謊。就說我的父親是海軍中將，我十多歲是神童，四年大學三年就畢業了，主修音樂，自編自唱，一躍成名⋯」

他要請丁奎天天來紫禁城做貴賓，白吃白喝，還有歌女作陪，說得丁奎的「不」字總是說不出來，說到嘴邊又吞了回去。

吳大欣把王瓊尼的保證書和八字讀了又讀，吳太太說：「木已成舟，不用再研究了。」

「你說他們木已成舟？」吳大欣猛然抬起頭問：「他們睡過覺了？」

「哎喲，老頭，他們相愛，拆不開了。萬一我們不答應，他們私奔怎麼辦？現在的世界不同了！」

「私奔」兩個字，說服了吳大欣。吳家絕不能有這樣的「家醜」，他把手在飯桌上一拍。「好吧，你去找個媒人。我們嫁女不能沒有媒人。你打個電話給柔似蜜市的市長，請他做個媒，下次他競選，我們捐錢。」

他們正在商量女兒的婚姻大事時，門鈴響了。吳大欣看太太喜氣洋洋，自己也急著想抱個孫子，他笑嘻嘻地親自去開門。

不料門一開，一個爛蕃茄就打在他的臉上。打得他滿臉是紅漿，金絲眼鏡也被打掉了。他正在

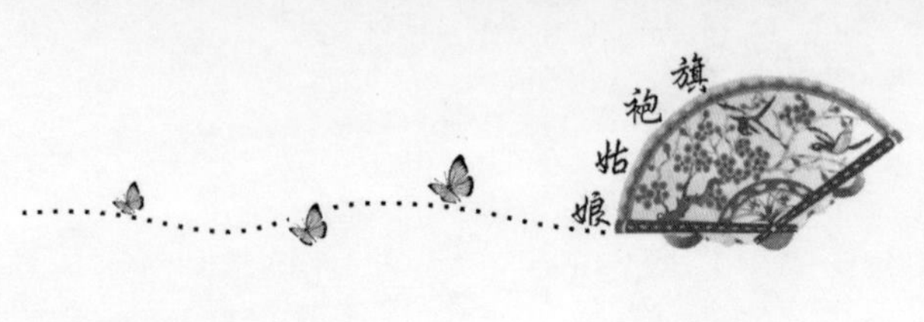

一面叫一面擦臉的時候，看見一個頭髮蓬蓬、穿紅色上衣綠色長褲的人急急奪門而去。「叫警！快叫警！」他轉身向太太大叫：「我要把這個王八蛋關十年！」

「老頭，」吳太太說：「這種事最好不要麻煩老美警察，家醜不可外揚呀！」

「你知道這個王八蛋是誰嗎？」

「我沒有看見。是誰？」

「就是那個賣唱的漿泥王！」

「不會吧？他快要做你的乘龍快婿，爲什麼要打你？」

吳大欣一口咬定是王瓊尼，他答應不報警，但堅持要寫信給商會，並取消紫禁城的長期租約。

「老公，」他太太說：「商會也不會管這些閒事！」

「閒事？我要告他開槍打人！」

「開槍？打了你什麼地方？」

「打了我的腿！我要商會把這個凶犯趕出華人區！」

「他沒有打你的腿呀！」

「妳可以用白布包一包我的腿，我可以用拐棍走路。」

「他打了你的哪條腿？」

「妳來挑！」他一屁股坐在沙發上，氣得面紅耳赤，開始把王瓊尼罵得狗血淋頭。

瓊尼天天打電話給莉拉，她仍舊拒絕見他。受了打擊，瓊尼神魂顛倒，心不在焉，丁奎看他可憐，常去看他。這天下午，他帶了些燒餅油條，在瓊尼的套房聊天。他問：「瓊尼，你可憐得像落水狗一樣，吳莉拉眞有那麼重要？」

「最痛心的是她仍舊相信我用爛番茄打了他的父親。」

「你眞沒有打？」

「你看！連你都在懷疑我。我有那麼笨嗎？」

瓊尼難過的樣子使丁奎有些擔心。如果不弄個水落石出，瓊尼不但要失去莉拉，紫禁城的租約，他的歌舞表演，都要被那個爛蕃茄打垮。「瓊尼，」他問：「吳大欣被打的那晚，你在那裡？」

「我在紫禁城同張天衛數錢，你去問他。那天的收入極好，我們還對飲了一杯茅台。」

「除莉拉拒絕見你外，有沒有律師打電話來威脅你？」

「商會來了個電話，如果我不去向吳大欣道歉，商會要進行調查，可能聯名要我出境。」他長嘆了一聲，接著說：「老丁，我們是多年的好朋友，商會的勢力大，我又是新來的，你能不能幫個忙，到商會去說個公道話？」

「你絕對不肯陪罪，是不是？」

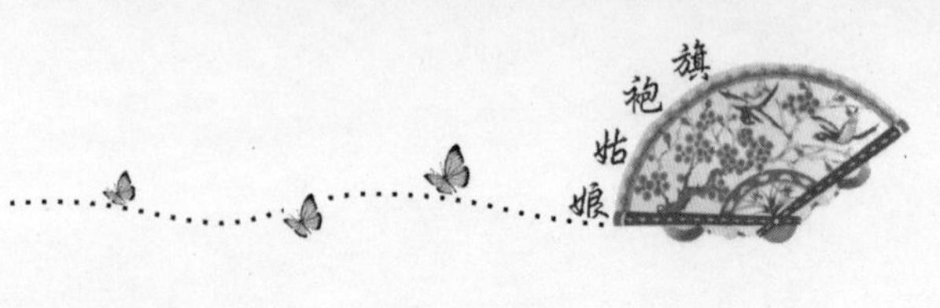

「我沒有用爛蕃茄打過人，怎麼能認罪呀？」他忽然笑了一笑：「不知道打他的人是誰，我要敬他一杯！」

十月五日是吳大欣的五十大壽，他在三和酒家大擺筵席，包了一層樓，有唱京戲、有摸彩、有舞獅、熱鬧非常，四百餘賀客在猜拳喝酒，吳大欣舉著空杯子，一桌一桌地去道謝。他拿著拐杖，走路還是一拐一拐，他叫人不要忘記，眞有人打了他一槍。太太跟在後面，强作笑容，羞答答地揮手打招呼。

當吳大欣回桌的時候，王瓊尼忽然從大門入，一聲不響向吳大欣又扔了一個爛蕃茄，在他臉上打個正著，紅漿四濺，四周的客人驚得目瞪口呆，吳大欣一面擦臉一面尖叫：「他又來了！抓住他！不要讓這個混蛋跑掉！」

這時，王瓊尼已經揚長而去。大家的注意力頓時都集中在吳大欣身上，他邊罵邊咳嗽，太太忙著替他捶背，叫人倒杯白蘭地給他壓驚。

他喝完白蘭地，打了一個寒噤，上氣不接下氣地向大家說：「大家做見證，那個混蛋又來打我了！」

「不大像王瓊尼。」一個客人說。

「怎麼不是他？」吳大欣在怒吼：「紅上衣，綠褲子，黑眼鏡，西班牙鬍子，把他打死了我也認得出來！這次可饒不了他，有沒有人報警…？」

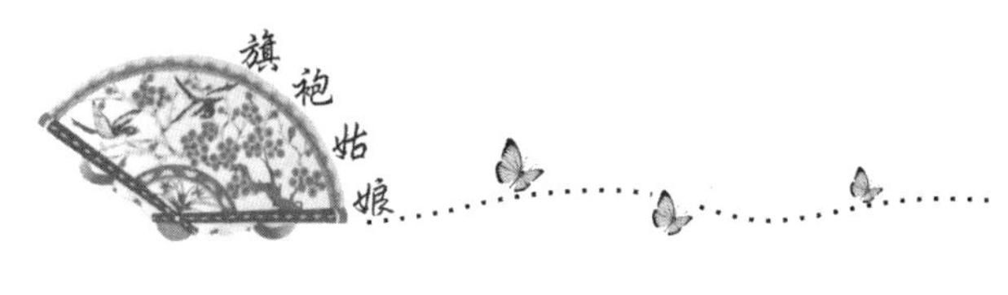

忽然王瓊尼又回來了。他說：「吳先生，你再看看是不是我？」現著他把黑眼鏡摘下，西班牙式鬍子也撕開。蓬蓬的頭發也是假的，他取下來向吳大欣鞠了一個躬。吳大欣睜大了眼，嘴在動，可是說不出話來。他指看這人的鼻子，叫了一聲：「你是誰？」

「我是丁奎，王瓊尼的朋友。吳先生，第一個用爛蕃茄打您的人是誰，您知道嗎？」

「也…也是你？」吳大欣氣沖沖地問。

「不是。是您自己的大女兒簡尼，」丁奎鎮靜地說：「那天，沒有人用槍打你的腿。剛才看你走路，一會左腳拐，一會又是右腳拐，到底是那隻腳被打呀？」

吳大欣忽然又狂咳起來了，咳得周身發抖。吳太太忙上來替他捶背，另外兩個親戚也忙跑過來，扶他到沙發上坐下。

「吳先生，」丁奎接著說：「你的大女兒要破壞妹妹的婚姻，在好萊塢一戲劇服裝公司租來了假髮、鬍子、眼鏡和服裝，打扮得同王瓊尼差不多，而您咬定是王瓊尼，今天我也化裝來向你扔了一個蕃茄，我比瓊尼矮半個頭，體重比他輕五十磅，您還是看不出。證明感情用事最易冤枉好人呀！」

「莉拉在那裡？」吳大欣聽了更氣：「都是她亂交男朋友鬧出來的醜事！叫她出來！」

「吳先生，」丁奎又說：「您的女兒只愛一個人。她同瓊尼已經私奔了！」

吳大欣聽了「私奔」兩個字，氣得呻吟一聲暈了過去。醒來時又是一陣咳嗽，吳太太忙著捶

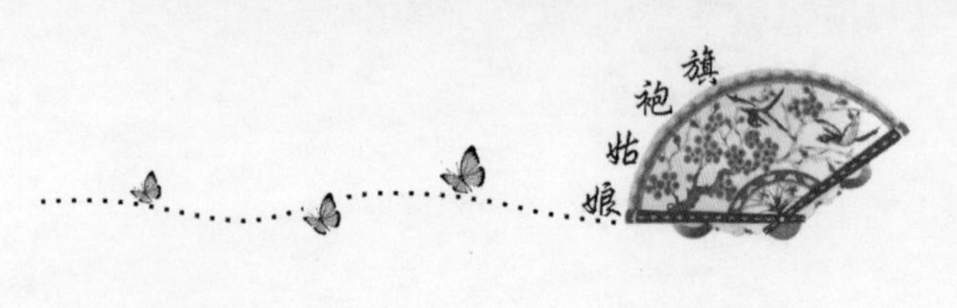

背，叫人送湯送水。

喝完了薑湯，吳大欣忽然記起了簡尼，又指手劃腳地大罵：「大女兒在那兒？那有女兒打老子的事呀？把她叫來！拿棍子來！我要親手打她個死去活來！」

「老公，老公，」吳太太安慰他說：「不要氣啦！你發了心臟病怎麼辦？」

「叫她來！快叫她來！」

「不用叫了，」吳太太說：「簡尼同那個姓丁的走了！」

「什麼姓丁的？」

「她的新男朋友。」她沒有多說，僅僅長嘆了一聲，好像暗中在說：「兩個女兒都有了歸宿，謝天謝地！」

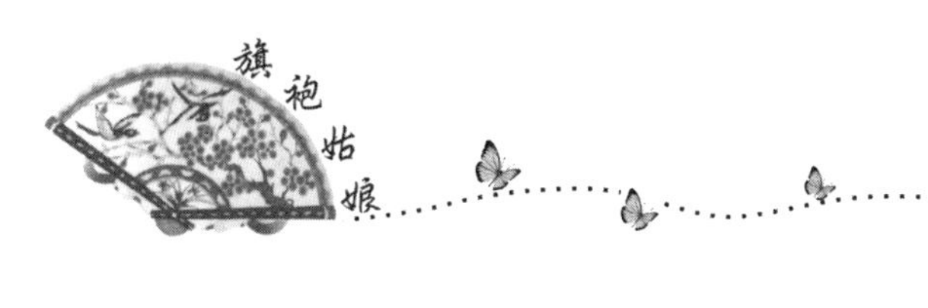

一位年輕漂亮小姐的苦悶

在美國，汽車洋房不稀奇，但是好老公卻不容易找。要是找到了，根本就解決了汽車洋房的問題，因爲一個男人沒有那些條件，就稱不起「好老公」。

王秀仙來美之前，一面準備考托福，一面研究好老公的問題。能夠在北京找一個那更好，但在中國夠資格的都物各有主了。追她的人很多，大的小的，胖的瘦的，老的少的都有，但都說鑽石沒有，只有愛。有個漂亮小伙子還說：「只要她帶他去美國，他要把他一生的愛都獻給她。」她笑著答：「只要你一生的愛可以當麵包吃，我會考慮。」

最後，她在美國的中文報紙上找到一位對象，正合「好老公」的條件。

唐華，五十四歲，洛杉磯華埠兩家烤肉餐廳的老板，三年前喪妻，在廣東的八十老母天天打電話，說唐華不趕快給她添個孫子，她會睡在棺材裡永世不能闔眼。老母闔不闔眼，他不甚關心，但每晚床上無伴卻十分難熬。他曾一度在小台北參加各種社交活動，遇到的對象不少，送花跳舞看電影都引不起對方的熱情，有一次他請一位小姐吃飯，上菜之後她對著桌上的魚肉皺著眉說：「只有

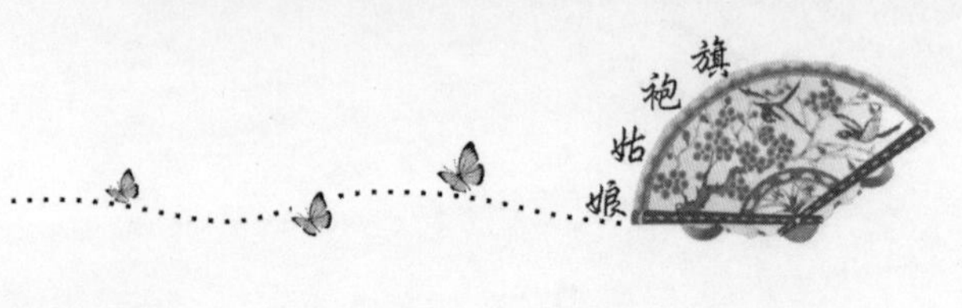

三個菜？」

那晚以後，他決定登報到中國去徵求佳偶，在五十多個應徵小姐中，他選中了王秀仙，二人交換照片後，通訊了三個月，由客氣至熱情，由熱情談到恩愛和結婚。一九九六年春，王秀仙到美國來了，唐華在接飛機之前，興奮得三天沒有睡好覺。不料二人一見面，王秀仙就覺得如冷水潑身。原來唐華寄的照片，是他二十年前照的，那時他還是一個英俊小伙子，現在他是一個光頭大胖子，比王秀仙幾乎矮出一個頭。她認爲是欺騙，拒絕履行婚約。

因爲家醜不可外揚，雙方同意不上法庭，請唐氏公所秉公調停。公所主席唐順認爲唐華無大過，因爲在美國無論是求業、徵婚或經商，都是按西洋規矩，**put the best foot forward**，即把最好的腳先擺出去，他說只要照片是本人，不能算是欺騙。再者，以中國的看法，胖是福，光頭代表智慧，是對方應當接受的。第三，男女引誘是天性，即動物亦然，唐華用年輕時的照片引誘對方，希望對方來了之後，木已成舟，加之唐華條件不錯，喜酒喝不成實是意外。

王秀仙卻不以爲然，堅持要解除婚約，唐主席請了公所理事唐克亮和秘書唐仙到他私宅審理，以免宣揚。仲裁的那天，他先請男方和女方在東西兩臥室等候，他和理事和秘書在客廳作番分析。他先問秘書唐仙小姐：

「照妳看，這位王小姐翻臉，是否有別的原因？」

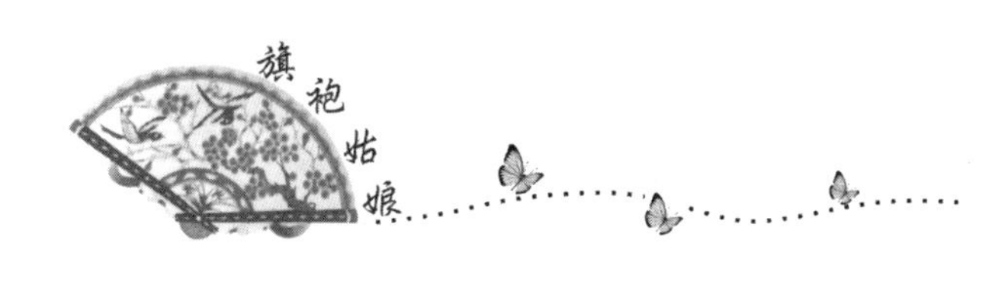

唐仙是位過來人，風流過，也結過婚，她的答覆很簡單：「有些女人把電看成第一。」

「什麼電？」唐主席問。

「電就是性感，不好聽就是淫慾。」

「那也不一定，」唐理事插嘴說：「敲敲竹槓也有可能。」

「妳的意思是說，精神損失，要求賠償。」

唐理事連連點頭，唐主席摸著下巴嘆了幾聲氣。他還是要大事化小，小事化無，他向唐秘書說：「妳還是去勸勸那位王小姐，告訴她唐華在美國不是阿狗阿貓之流，給她一個暗示，如果一個女人忽略了男人的福相和智慧，那是苦種。如果她無動於衷，妳問問她，她到底是在找情夫還是丈夫？」

唐理事又提出了一個意見：「還是同她直截了當地說，如果她不履行婚約，她會受華人社會的不恥，以後無人問津，如果她不讓步，就用經濟制裁辦法，叫她把唐華在她身上用的錢全部退還！」

唐主席把唐華的帳翻了一下，除旅費外，還有置裝費、禮物、鑽戒和旅費，共一萬三千餘元。

「這麼辦，」他向唐秘書說：「告訴她這筆費用不小，勸她回心轉意，她不要還錢，皆大歡喜。」

唐秘書去了以後，唐主席又去同唐華談了談，等他回到客廳時，唐秘書回來報告，王小姐在中國被唐華的情書迷住了，她每天望著他的照片，幻想他們在美國的快樂生活，三個月中她對唐華發

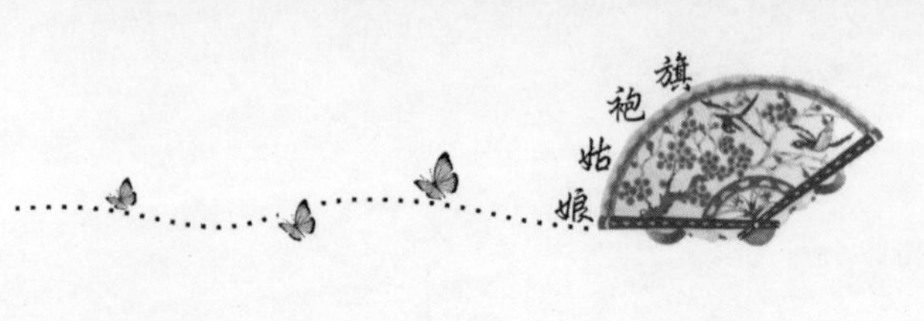

生了一種不可壓制的性感覺，一到美國發現他的欺騙，使她心碎，他能欺騙她一次，以後還可以不斷地騙她，她哭哭啼啼，好像打擊不小。

唐主席嘆了一口氣：「好吧，請她出來面談。」

唐秘書領王小姐出來時，王小姐還在擦眼淚，唐主席目不轉睛地看著她，果然是位使人憐愛的漂亮小姐，難怪唐華一頭栽入情海，不可自拔，王小姐坐定後，開口就說：「唐主席，如果你們要用錢來壓迫我，我不怕！我可以把我所有的衣物當掉來還這筆賬；要是不夠，我會替人擦地洗衣來還這筆錢！」

唐主席想了想，此女重愛不重錢，不妨取她之長來試一試。他又去見唐華，商量了一個對策。他回到客廳，請王小姐坐在一個雕花屏風後，來聽聽唐華的意見，免得話不投機，引起雙方尷尬。

王小姐不情願地遵了命，說這是多餘，她已經把唐華看成了個無感情的動物。

唐華出來，狀極緊張，坐在唐主席對面的沙發上，雙手不斷在膝上擦來擦去。唐主席把王小姐的話重複了一遍，請唐華答覆。唐華說他絕不能要王小姐還錢。

「爲什麼？」唐主席問。

「要是我請人來吃飯，」唐華說：「吃完了怎麼能向他要飯錢？」

「這話也對，」唐主席點了點頭：「不過，要是人家不愛你，你還要去愛她，那不是有些傻嗎？」

「要是我愛上了一件珠寶，但是我買不起，難道我就不愛它了嗎？」

「這話也有理，」唐主席說：「但是珠寶不比人，珠寶不會傷人的心呀！」

「王小姐從來沒有故意傷我的心，」唐華用顫動的聲音說：「這是我自作多情，傷了我自己的心，我對她不起！」

「你還是愛她，毫無條件地愛她！」

「我永世會愛她，毫無條件地愛她！」

這些情話編得不很自然，但唐華說得很誠懇，唐主席認爲滿意，希望王小姐會從屏風後跑出來，流著淚向唐華道歉，表示愛慕，這是重愛不重錢的女人必然的反應。

他靜心地等了一等，屏風後沒有動靜，也沒有哭泣的聲音。他咳嗽了一聲，叫道：「王小姐，請妳出來。」

王小姐走出屏風，沒有看唐華，坐得遠遠的，低著頭說：「要是唐華先生良心那麼好，就請他解除婚約！」

一個月後，唐華人財兩空不必說，朋友們一見他就表示同情，加倍使他尷尬，他決定把餐館賣掉，回廣東退休。在家鄉他做了「金山客」，很有面子，等於不要上大學的「博士」。他的曾祖父從加州淘金歸來退休也是如此，還娶了兩個姨太太。

他雖然沒有昔日「金山客」那麼神氣，但他的電話天天在響，都是做媒的在唱「關關雎鳩，在

河之洲，窈窕淑女，君子好逑。」不久，唐主席接到他的信，請他回國吃喜酒。

王小姐在洛杉磯離婚兩次後，回到唐氏公所打聽唐華的消息，唐主席一本正經地對她說：「唐華愛你，他請你回國去參加他的婚禮。」

王秀仙用自己的名字在華文報上登了一首打油詩《我的苦悶》：

不要錢，性愛高潮要第一，
只要錢，有無性愛沒關係，
錢不錢，眞正愛情在那裡？
第三不來要第二，沒有二就要一，
我怕挑來挑去沒飯吃。

唐主席說，這一定是王小姐的徵婚廣告，看來胖子光頭都有希望了。

吃麵容易賣麵難

文華生東借西借好不容易才開了一家小麵館。小台北的餐廳都賣麵，競爭劇烈，文華生特添「過橋米線」來廣招顧客。果然，獨此一家的雲南特產替他的「夜來香麵館」帶來不少生意，一年以來他居然把帳都還清了，而且買了一部新的福特麵包車，計劃做些外送生意。他過年後正在高興的時候，忽然有兩個小夥子登門，說要收「安全稅」，每月三百元，不繳就要有火災，或有斷腿的危險。文華生早已聽說亞裔青年匪黨常在華埠出沒，但對象都是大買賣。他當過兵，不打不投降，但先禮後兵，對兩個小夥子說，他歡迎他們來吃麵，外加小菜兩碟，隨到隨吃，概不收費；至於繳安全稅，就請他們免開尊口。兩個小夥子，飽吃一頓，咬著牙簽，打著嗝，揚長而去。

一周後文華生來開店門，發現門上打了兩個洞，每個洞裡塞了一個死老鼠。他換了門，又加裝了一個鐵門。三天後，鐵門後忽然堆滿了垃圾，垃圾裡還埋了一頭死貓。他停業三天打掃衛生。警察很同情，但無法破案。從前，他們每次捉到嫌犯，老板們總是不肯出庭作證。警局勸華人餐館團結起來，一致拒交「安全稅」，一致上庭告狀。文華生馬上走訪附近餐館老板，提議組織小台北剿

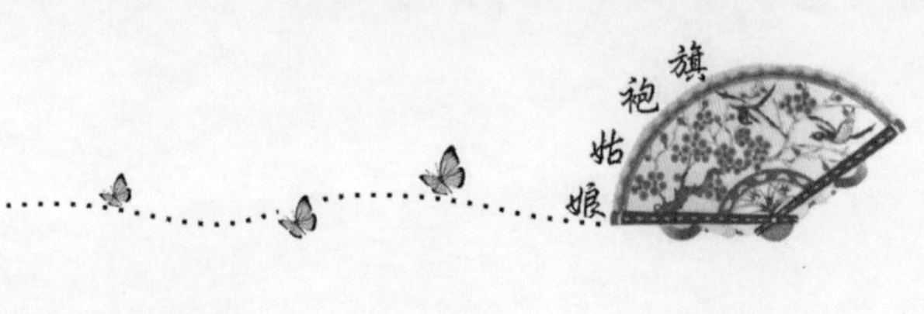

匪團，與警察合作。

他首見的是鄰街大老板溫先生，溫老板一聽就搖頭：「錢可以賺，命只有一條。如果警察先把他們關起來，我們就去作證。」

「我們不作證官方不能判罪，」文華生說：「不判罪就不能關。我們應當收集證據，先去告狀！」

「文先生，」溫老板說：「腦袋要緊，這事恕不參加。」

文華生又拜訪了另外幾家老板，答覆大致相同，如果匪徒不在牢裡，無人敢惹。

碰了許多釘子後，文華生只好按期交稅，不但如此，收稅的來了他還親自招待，請他們吃特別豐富的拿手麵，紅燒肉堆得高高的。小夥子們不吃「過橋米線」，說那是粗人吃的土產。

有一天，兩個小夥子來收稅，文華生不在店內，看店的表侄，外號叫店小二，說文老板剛剛離開，因爲姑母過世，心中悲痛，不能工作。

那個爲首的小夥子，問他文老板留下「安全稅」沒有，店小二說沒有。小夥子叫他把錢櫃打開，店小二如命是從。錢櫃裡僅有零錢五元六角，小夥子把錢怒向店小二的頭上一扔，大大小小的硬幣，沒有打著店小二，卻把他背後的佛爺打翻了。

「錢在哪裡？」小夥子問。

「錢在文老板的口袋裡，」店小二嘻嘻地說：「三天的收入他都帶走了！」

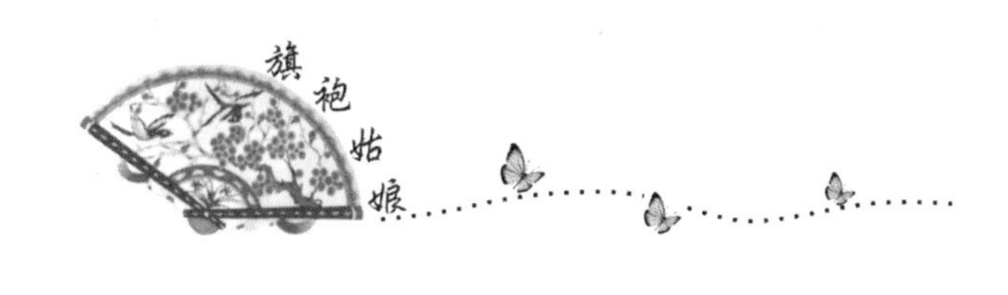

「混蛋！」爲首的小夥子在罵：「今天要付稅，他怎麼不知道？」

「人家姑媽死了，一心痛就忘了！」

「姑媽死，他有那麼心痛？」第二個小夥子問。

「他對姑媽好孝順呀！老太太一死把遺產都留給他了！」

「留了多少錢？」

「聽說有一萬。老太太把錢都藏在床底下。」

「阿方，」第一個匪徒說：「我們去拜訪拜訪文老板吧。」他轉身問店小二：「你們老板在那兒？」

店小二說他只有電話號碼，沒有住址，因文老板從不把住址隨便告訴人。「他剛走才十分鐘，」他接著說：「現在一定還在 Sav-on 買頭痛藥。」

兩個小夥子不再多問，跑出大門跳進他們的紅色野馬牌跑車，向 Sav-on 藥鋪飛駛而去。

文華生開著他的新的麵包車，在等紅燈的時候遠遠看見紅色跑車跟蹤而來，裡面兩個小夥子一眼就認出來了。爲首的圓黑的臉，另一個的臉灰白尖瘦；兩人都反戴著棒球帽，穿刺眼的大汗衫和褲襠掉地的燈籠褲。爲首的還掛個耳環，手背上有花紋。

交通燈一變綠，文華生就猛踏油門，車子吼著直衝而去。他東西轉了幾個急彎，回到山谷大道時紅色跑車已不見了。他鬆了一口氣，取道回家。如果在路上被他們趕上，事情就複雜難辦了。他

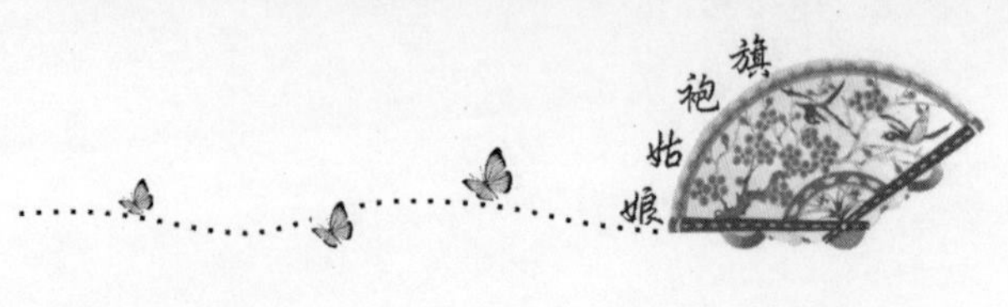

回家後燒了一壺茶，在小客廳裡的新沙發上看美國電視節目，雖然半懂不懂，他總覺得在美國要多學英文，將來準備打入西洋市場，把「過橋米線」介紹給老美。「炒雜碎」不知是誰發明的，一百多年來在美國賺的錢何止萬萬，他希望「過橋米線」能取而代之。

他聽人說過，美國遍地是黃金，但是對於好吃懶做，和偷雞盜狗之流的人，美國也是一片沙漠，連野草都長不出來。他希望有一天，能把這些話用針打進那些年輕人的腦袋裡。

他看了看錶，打了一個電話給他店裡的表侄：「他們來過沒有？」

「來過了。」店小二說。

「問過我的住址沒有？」

「問過，我沒有告訴他們。」

「沒有强迫你說？」

「沒有，也沒有花錢向我買。要是他們沒有把你趕上，大概明天會再來。」

「Shit!」文華生用英文罵了一句，他正要撥一個緊急電話，門鈴響了，他忙向門上的小洞中看了一眼，兩個小夥子都來了。

「電報！」爲首的小夥子在門外叫。

他心想這些小夥子還是十分落伍，騙人開門早已不用「電報」兩個字了。他把門打開，裝著驚訝的樣子。「是你們？怎麼知道我住在這兒？」

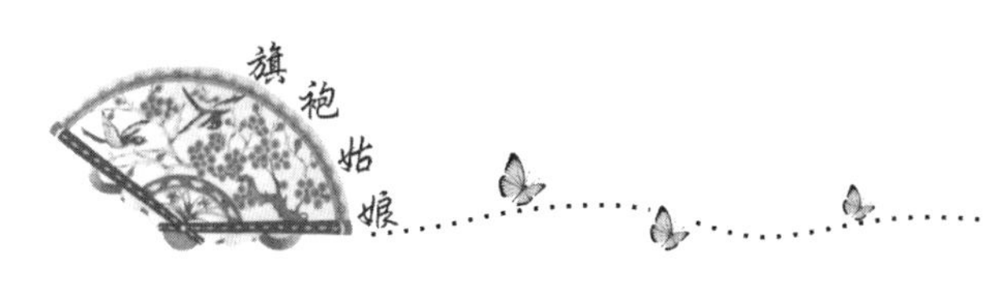

兩個小夥子搖搖擺擺地走進來，爲首的坐在沙發上，搭上二郎腿，兩眼四周望了一下。

「地方不錯，沒有八百塊一月租不到。」

「我的地址是誰告訴你們的？」

另一個小夥子在玩他的小手槍：「抄了你的汽車牌照號碼，」他笑著說：「有號碼就可以找到你的姓名住址。我們的老板說過，誰要逃稅，就先給他一個教訓！」他說著猛然用手槍在他嘴上重重地打了一下，打得他滿口鮮血，吐出一個大門牙。

「你們要什麼？」文華生一面擦嘴一面問，他沒有叫痛，只是兩眼冒火。

「這還要問？」爲首的小夥子也在笑著說：「你忘了上稅。」

「還有，」第二個小夥子問：「你的姑媽給了你什麼？」

「那不關你們的事！」文華生說。

「你要上入息稅呀！」他問了問爲首的：「你看他應當上多少？」

「我們白吃了他的許多牛肉麵，」爲首的說：「我們要公道一點，百分之五十就行。」

「好，五千塊，」第二個小夥子說：「拿出來我們就走路！」

「錢在銀行裡，」文華生說：「銀行已關了門。」他把皮夾拿出來扔給爲首的：「有多少，先拿去。」

爲首的把皮夾中的錢數了數：「只有四百五十塊？三天的收入怎麼這麼少？」

「反正明天要陪你們上銀行，今天多少有什麼關係？」

「你說的對。不過你欠的錢要加利息。利息多少今晚我們要去問問我們的老板。好吧，明早八點半在你這兒見，聽見沒有？」

文華生聳了聳肩，又吐了一口血，爲首的起身，在他肩上拍了一拍：「好朋友，不找麻煩，我要向我們的老板，替你說兩句好話！」

他們走後，文華生急急在電話上撥了一個號碼。

「他們出來了。」他用英文說完馬上掛線，起身走到窗前向街上看。

當兩個小夥子走出大門，正要上車的時候，兩部警察車突然開到，車上的紅燈閃閃，把兩個小夥子夾在中間，爲首的要逃，一個警察跳出車來叫他不要動，其他幾個警察都拿槍出了車，如臨大敵。

文華生向窗外看，摸著發腫的嘴，忍痛笑了笑。次日，他帶了當日的報紙來到「夜來香」，一進門幾個食客都向他致賀，其中一位就是溫大老板，笑容滿面，辣椒吃得連連吸氣，滿頭是汗。

「棒，眞棒！」溫老板大聲在叫：「今天來有兩個事，第一，吃你的過橋米線，第二，談談我們的剿匪團⋯。」

「溫老板，」文華生插嘴說：「報上說兩個小夥子都認了罪，把同夥都賣了，警察雖然沒有一網打盡，已經抓住了十五個。只要我們都去報案，其餘的都會落網，我看剿匪團也不用了！」

「那太好了！」溫老板說：「上庭作證有我一個！文老板，你的證據是怎麼拿到的？」

「兩個小夥子在我家拿去四百五十塊，」文華生說：「都是警察局的錢，上面都有暗記：第二，兩個小夥子在我公寓裡說的話，都錄了音，句句都是證據！」

「棒，眞棒！」溫老板說，伸出一個大姆指：「不幸的是，你被匪黨打掉一個門牙。」

「小事，」文華生說：「那個牙本來有病，牙醫要動手術，搞什麼『牙根下開運河』，手術費五百元。打我的小夥子替我省了不少的錢！」

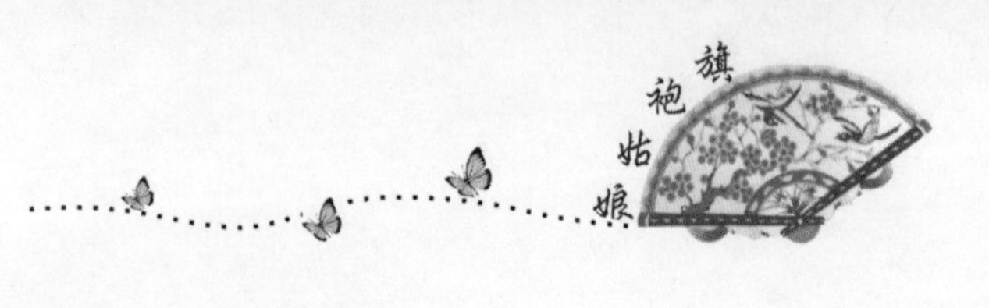

一個演員的非常臨時工

我是一個好萊塢的華人演員，副業是賣光頭藥，有時還要打臨工。

某日，《洛杉磯時報》的分類廣告中有一個徵求華人臨工的廣告，我很稱職：三十五歲以下，要精通中英文，有車，街道要爛熟，日薪二百元，另加汽油和飲食津貼。

我拿著廣告，開車到小台北，在一家餐館裡遇到我的臨時女老板，王尼娜。她約三十多歲，穿著入時，像個貴婦，說一口漂亮國語。在旅館的咖啡室，她告訴我她要尋找一個劉姓女子，十九歲，被人騙到美國，下落不明。她拿出一張照片，半身像，瓜子臉，眉清目秀，一見就使人憐愛。尋找美女當然我有興趣，我問工作什麼時候開始，王小姐馬上開了一張二百五十元的支票。

「這是第一天的工資和津貼，」她說：「現在就開始。」

我收了支票後她又拿出一張照片：一位帶黑眼鏡的粗壯男子，穿旅行夾克，頸上掛個照相機，插著腰，站在石階前，十分神氣。背景是天安門廣場，照片上簽了個看不清的英文名。照片的反面有姓名、住址：「5089 New Avenue, Monterey Park, CA, U.S.A.」

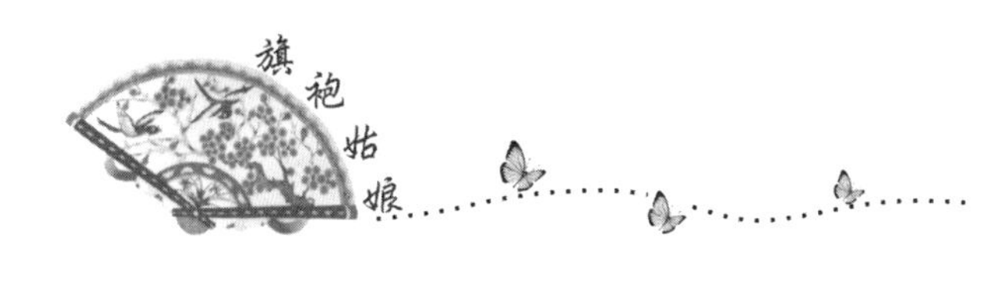

王小姐要我去打聽，趙國華是否仍住在那裡，但不可按門鈴驚動他。演戲時我做過土匪，做過警察，現在要眞做偵探，我不知道是高興還是害怕。電影與電視裡帶黑眼鏡的粗壯人物大多數是土匪之流。我要知道一些背景，王小姐說不必，到時候一切都會水落石出。

第一件事很容易就解決了。New Avenue 根本就沒有 5089 那個號碼。王小姐眉頭一皺，雙眼半闔了一下，好像在打算如何對付。她拿出一個小本子，翻出了另一個名字和地址。

我看了一下地址，不遠，開車不到十分鐘可達。大概王小姐看我辦事快捷可靠，沒等我問就把這件事的背景略微說了說。趙國華是一個到中國做生意的服裝商人，認識後就要王小姐投資擴大他在美國的成衣廠。他說已有批發商同他訂了合同，成品可以推銷到美國三大百貨公司。現在我們要去找的就是這個批發商。

「這和失蹤的劉姓女子有什麼關係？」我問。

她說趙國華同她談過幾樁合作的事，她沒有肯定的答覆，趙國華對她不滿。一九九四年夏她到上海奔祖母的喪，兩周後回來發現她的女佣劉保珍失蹤。據劉女的母親說，女兒來過一封信，說一位趙先生請她到美國去打工，每月可賺五百美元，比在中國一年的薪水還要多。

「妳看趙國華是不是個蛇頭？」我問。

「如果是，劉保珍的下落，只有他知道。」

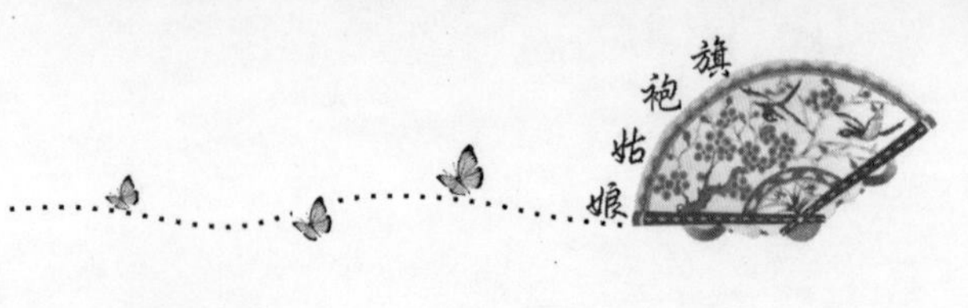

這位批發商果然有個服裝店，在 Valley Boulevard 東面的一個大商場內。外面的中英文招牌爲「鳳凰時裝」(Phoenix Fashion)。店內陳設精美，不像一個土匪組織的假門面。王小姐問林山姆先生在不在，一位女店員問她是誰?王小姐給了她一張名片，女店員笑著領我們到店後面的一間堆滿了樣品和文件的辦公室。

坐在一張大辦公桌後的林山姆看了看名片，馬上笑著起身和我們握手。他問王小姐有何見教。

王小姐問他認不認識趙國華。

林山姆是個圓臉帶金絲眼鏡的中年人，樣子很斯文。他想了想，記起來了，三年前趙國華來談過生意，願意做服裝包工。「做了一次下不爲例。」林山姆苦著臉說：「手工太壞，有的成衣連扣子都沒有。如果他要我寫推荐信，就請他免開尊口吧！」

「他的工廠在什麼地方?」王小姐問。

林山姆摸著下巴又想了想。「名字叫 K&K，或 K&P，記不清了，好像是在洛杉磯的東南區，是個很不安全的地帶。你們可以在分類電話簿裡去找找。」

回到王小姐的旅館後，我在電話本裡找到一個名 P&A 的廠，在洛杉磯東南區的高麗城，那是各色人種雜居的地方。王小姐馬上要去。我一看錶，已經是下午四時半。王小姐看我有些爲難，決定明晨再說。「金葛，」她說：「如果你不想去，現在就說，我不見怪。」

我做臨時演員時，被打死過，也被打傷過，從來沒想到死傷的可怕。現在眞要去森林捉老虎，我開始吞吞吐吐，但又不想在小姐面前做「膽小鬼」，只好心一橫。「王小姐，」我說：「你要去我就去，不過，要是他是個蛇頭，那是不是移民局的事？」

「絕對不能打草驚蛇！」王小姐說：「現在不敢斷定他是不是私運人口。他可能娶了我那女佣人，合法帶她來美也不一定。」

「妳對女佣人那麼關心，很有良心。」

「金葛，趙國華說大話有合同，成品可銷美國三大百貨公司，幾乎把我騙了。我原計劃從上海回來同他談合同，投資二十五萬。他心急，以為我拒絕了他，所以他把劉保珍引誘走了。如果劉保珍做了人蛇，這是我的責任，不是有沒有良心。」

次晨陰雨，我去接王小姐時，擔心她穿著太時髦，見她穿雨衣雨帽，看不出她是高貴小姐，我暗中鬆了一口氣。但是還有些擔憂。她很能察言觀色。出發不久她又問：「金葛，你要不要去？說實話，不去我不怪你。」

「王小姐，妳把我看成膽小如鼠的人了！」我硬著頭皮答。

她笑了笑：「對不起，怕你為難，所以再問一次。以後叫我尼娜好了，不要總是小姐小姐的。」

她帶小酒窩的笑，使我的心激烈地跳起來，好像給我打了一劑強心劑，使我勇氣倍增。

Western Avenue 是一條很長的街，P&A 是在那條街的南頭，街上的鋪面大多失修，有的已關

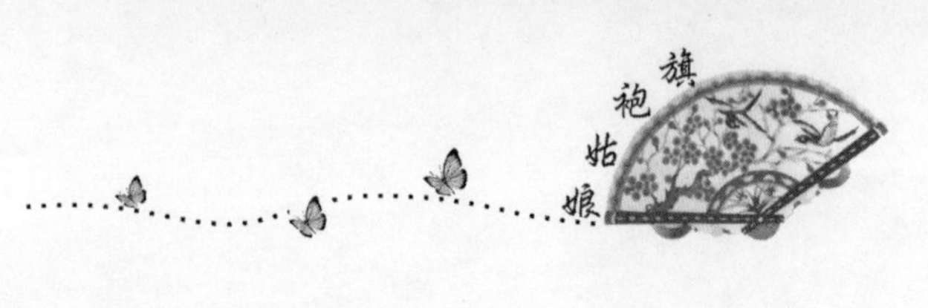

門大吉。比較整潔的幾段是高麗區，街的招牌多半用高麗字，餐館、酒店、雜貨鋪等都好像生意蕭條，行人很少，但汽車很多，開車的人多半是黑人和墨西哥人，不比小台北，滿街都是豪華汽車，開車的幾乎全是華人。

我把車停在一幢兩層的紅磚屋前，門窗都裝了鐵欄杆。門上有塊招牌，上面有褪了色的幾個字：「P&A Co.」右邊窗前一塊可以移動的牌子，上面寫著「高麗指壓按摩」，中英文都有。

尼娜要我先去按門鈴。「門一開你就進去，不要在門外說活。」

「妳呢？」

「我跟你進去。」

我們出了汽車，左右望了望。街上沒有行人，只有汽車來往。我按了兩下門鈴，不一刻一個亞裔中年胖婦人開了門，滿臉脂粉，張著鮮紅的大嘴歡迎我。我一腳踏進門，尼娜也跟著進來。胖婦人看見尼娜馬上收了笑容。「你們是誰？」她問。

尼娜問趙國華先生在不在，胖婦人打量了她一下：「妳是誰？」

「請你告訴趙先生有北京的朋友來找他。」

胖婦人又上下打量了她一下，又懷疑地望了我一眼，要不是我們已經進了門，她可能把門一關了事。

「我是王尼娜，」尼娜把一張照片給她看：「這是我給趙老板在天安門廣場上照的，上面還有

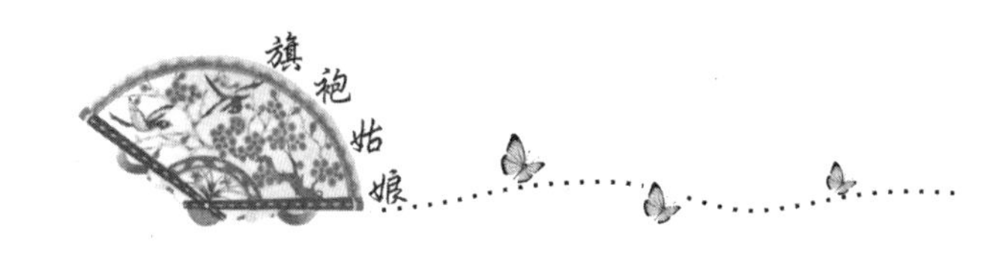

他的簽字。」

胖婦人看了看照片又看了看尼娜，笑了笑，好像放了心。「我們這裡需要一位中國小姐，妳是不是來工作的？」

「這事我要同趙老板直接談。」尼娜說。

「趙老板不在這裡。」

「能不能把他的住址告訴我？」

「不行，他的住址不隨便給人。」

「能不能同他打個電話？」

「不行，」胖婦人連連搖頭：「不能打電話，電話局有記錄。趙老板很小心。進來，我們先談談。」

我們隨著胖婦人走進一間接待室，裡面坐了四個亞裔按摩女，都穿著緊身短褲，對著我笑。胖婦人用英文請她們暫時出室，她們懶洋洋地走了出去，嘰嘰喳喳地說了些我聽不懂的話。胖婦人請我們在那張長沙發上坐下。我坐的地方一個按摩女剛坐過，還是熱烘烘的，香水刺鼻，我打了兩個噴嚏。

胖婦人說：「我們有泰國小姐，高麗小姐，菲律賓小姐，就少一個中國小姐⋯」

「我們不是送了一位姓劉的小姐給你們嗎？」尼娜問。

「姓劉的？什麼名字？」

「劉保珍。」

「劉保珍？啊！是不是劉珍珍？很漂亮，就是不合作，打她罵她都不肯接客，趙老板把她帶走了！賤骨頭，五百塊一天的收入還不夠好！王小姐，你要來工作，我擔保你每天賺五百，小費在外…。」

「我要先同趙先生談談，他住在那裡？」

「比利華山莊，高級地方。他在家不談生意。」

「我們是朋友。做這行生意有沒有警察調查？」

「跟我來，給妳看看我們的安排。」

胖太太把我們領到一間車衣房，裡面有一張長桌子，四個舊車衣機。靠牆有兩個櫃子，裝了些衣服，布料和包裝紙等。牆上掛了三年的營業執照和美女日曆，另外還有兩件裝框的表揚信。

胖太太指指點點，向我們解釋爲什麼一切都合法。第一，門鈴一響她就在門洞中看一眼，如果是政府調查人員，她馬上叫按摩小姐穿上工作袍到車衣室來假裝工作。不會車衣的就燙衣，不會燙衣的就掃地。

「外面有指壓按摩照牌。怎麼解釋？」

「一樣合法，」胖太太笑著說：「我有按摩學校的文憑，市政府的執照。」她低聲加了一句：

「有很多警察都是我的顧客，一律不收錢！」

尼娜裝著很高興地說，如果是這樣，她不但要參加工作，她還有一批新到的大陸小姐都要找工作。「她們都是偷渡來的，欠蛇頭的錢。妳能不能預支一筆替她們還賬？」

「這個要同趙老板說。」胖婦人說著就帶我們回到接待室。她又把我打量了一下，問道：「這位先生是朋友還是親戚？」

「我的弟弟，他也想到美國來發財。」

談到發財，胖太太有個計劃。她要開十家，每家有五位至十位的按摩小姐。她還要印「菜單」，將小姐的年齡、尺度、喜好、專長等都列出來，顧客可以照單點菜。「估計一年內可以做百萬富翁！」她有把握地哈哈大笑了一下。

尼娜裝著愈聽愈高興，拍著手說：「我弟弟也要參加，能不能同妳合作，訂個合同？」

「簽合同？你們有錢投資嗎？」

「大錢沒有，二三十萬不難。」

胖太太馬上寫了個地址交給她：「去找趙老板。不要打電話，所有電話電話局都有記錄。」

比利華山莊是洛杉磯最豪華的區之一，住宅價格在百萬元以上。居民多爲電影明星和企業大亨。趙國華住在日落大道(Sunset Boulevard)以北，道路彎曲，花木茂盛，除園丁的除草機嗡嗡作響外，鳥語花香有如春日的農村。

趙國華的兩層樓住宅夾在兩所有鐵門的大廈之間。他屋前的花草不很整潔，無怪老美對中國人仍有些種族偏見。

尼娜又要我先去按門鈴，我看過趙國華的照片，他一開門我就認出了那張寬黑的臉。他看見尼娜跟在我後面，有些驚惶。

「Victor!」尼娜用英文高興地叫：「眞叫人吃驚！」趙國華伸開兩臂作歡迎狀：「尼娜，尼娜！」他出門同她擁抱：「妳什麼時候來美國的？爲什麼不早通知？」

尼娜介紹了我，說我是她最喜歡的弟弟。

「妳怎麼找到我的？」趙國華問。

「很不容易！能不能請我們進去坐坐？」

「當然呀！」他領我們到他的客廳，一面談一面倒酒，客廳不大，有中國黑漆桌椅和屏風，牆上有些中國字畫，沙發很舒適。他把兩杯酒拿過來。

「尼娜，我在妳家喝過你的紅玫瑰酒，我也敬妳一杯！」

我們接過酒杯，他自己也去倒了一杯。「在北京分別一年多了，」他接著說：「妳到美國來有何貴幹？」

「來找你的呀！」尼娜笑著說。

「是嗎？是想我還是有別的事？」

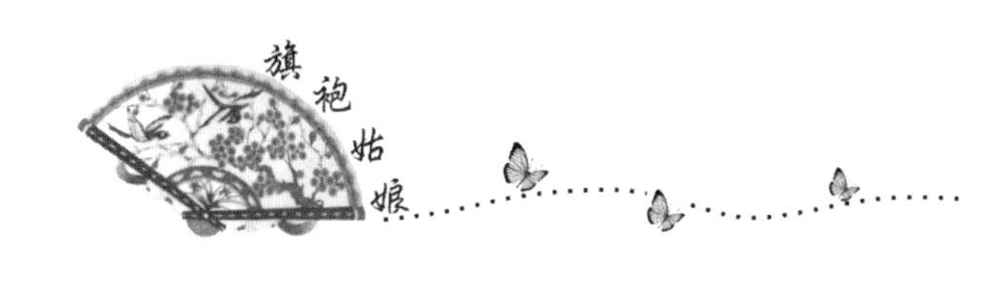

「Victor，」尼娜還是很輕鬆地說：「你喜歡年輕少女，你認不認識劉保珍？」

趙國華吃了一驚。「劉保珍？當然呀？她到美國來了，是不是？」

「你帶她來的，你還要問我？」

他放聲地大笑了一下。「尼娜，她在妳家打工太可惜了。那樣年輕漂亮的女孩該多派用場呀！我正要給你寫信……。」

「她在那裡？」尼娜插嘴問。

「尼娜，中國的生意不好做，我在美國開闢了一個新的市場……。」

「販賣人口，是不是？」

趙國華忽然收了笑容，怒眼看著她說：「妳說這種話是什麼意思？」

「你把她騙到美國，迫她賣身，是不是？」

我捏了一把汗，好像入了虎穴，後悔不該冒險。這時趙國華又轉了笑臉，溫和地說：「尼娜，在美國，東方漂亮少女是搖錢樹。我認識這裡的一位高級導遊社女主人，她說合格的中國少女最受中東王子們的喜愛，服務費可以高達一萬美元一天，妳來得正好……。」

「你把她賣了多少錢？」尼娜插嘴問。

「現在還在談價。這麼辦吧，尼娜，要是有人買，利益我們對分。最低十萬，妳拿五萬。最高可以賣到三十萬。妳想想，一眨眼就可以賺十五萬。又不要上稅！」

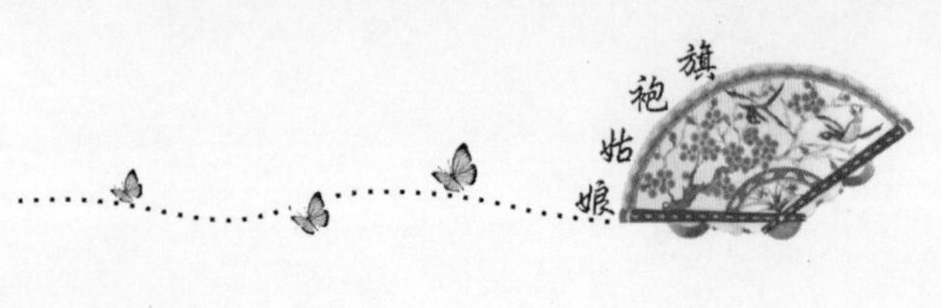

尼娜想了一下：「你能不能付我一筆定洋？沒有定洋我放不下心。」

「妳要多少？」

「二萬五千就行。」

趙國華又高聲笑了一下：「二萬五？誰有這麼多的現金？」

「支票也可以。」

「尼娜，」趙國華指著她的鼻子，半玩笑半責備地說：「妳把我當成傻瓜嗎？支票！妳要支票作證是不是？妳有了證據就可以要挾我，八萬十萬隨便妳要！」

「Victor，」尼娜的聲音略帶威脅：「八萬十萬我都不要。我口袋裡有槍，你把劉保珍交出來我們走路！」

我又捏了一把汗，看見尼娜的右手在雨衣口袋裡果然有枝槍瞄著趙國華。她兩眼瞪著他，滿臉的殺氣。我不禁又打了個寒噤。

趙國華的臉發白了。他強作笑容地說：「尼娜，妳眞不該來找我，洛杉磯每天都有美麗女屍死在沙灘上和樹林裡被人發現，爲一個佣人這樣冒險，何必呀？」

「金葛，」尼娜向我說：「看他有沒有槍。」

我到趙國華的背後，一拍他的口袋就發現他的小手槍。尼娜好像鬆了一口氣，她要我報警。我在桌上的電話上撥了911。這時，趙國華忽然又嘻嘻哈哈起來：「尼娜，尼娜，我們是老朋友，在

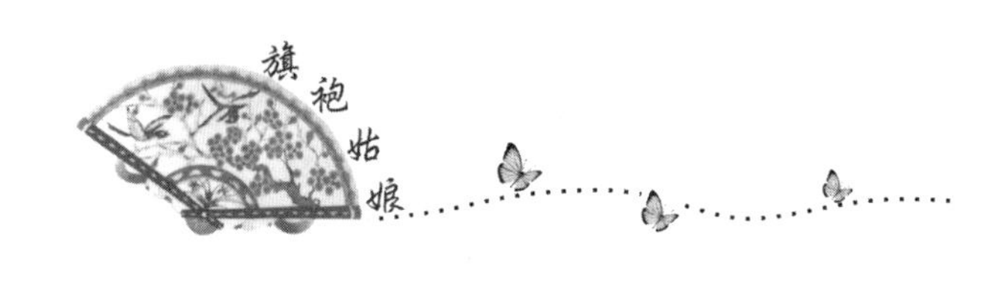

北京吃喝玩樂，又談合作，妳怎麼會變得這樣狠心呀！」

尼娜又問他劉保珍在那裡，她的表情未改，聲音堅決，好像毫無商量餘地。趙國華還在周旋。

我報完了警，客廳後忽然有許多腳步聲，有女人在低聲地叫：「快跑，快跑！警察要來了！」

「尼娜，」趙國華的聲音很緊急：「那些小姐偷聽了電話，讓我們走，我一定把劉保珍送還給妳……。」

「金葛，」尼娜向我說：「快去找劉保珍，叫她不要跑！」

我經過廚房向後門跑。前面三個少女奪門而出，她們從後院向前街跑，還打翻了兩個垃圾桶。我跑得快，不到一個街頭便把劉保珍抓住。她還要掙扎，我說有人來救她。她不信，但一聽王尼娜的名字，她馬上停止了拳打腳踢。「王小姐在那裡？」她喘著氣問。

「跟我來！」我問她爲什麼這樣怕警察，她說趙國華告訴她如果被移民局抓去她要坐十年的牢。

「那是鬼話。」我說。我一面安慰她，一面把她帶回接待室。

不久警察也到了，趙國華正是他們要捉的人。他們搜集了些證據，把我拿的槍也沒收了。尼娜沒有槍，我問她口袋裡藏的是什麼，她說兩個指頭，趙國華聽了用英文罵了一聲「母狗」。

警察把趙國華帶走後，我笑著說這場戲沒有武打，沒有槍戰，也沒有追車，不精彩，希望尼娜投資拍個電影。她笑了笑：「所有的男人都只要我投資，沒有一個向我求婚！」

我在把她和劉保珍送回旅館的途中，心想她是不是給我一個暗示?我看過她的名片，她是三個公司的總裁和理事長，我是啥?我馬上把癩蛤蟆想吃天鵝肉的念頭打消，還是老老實實回家打個電話給我的經紀人，看下周有什麼跑龍套的戲可演…。

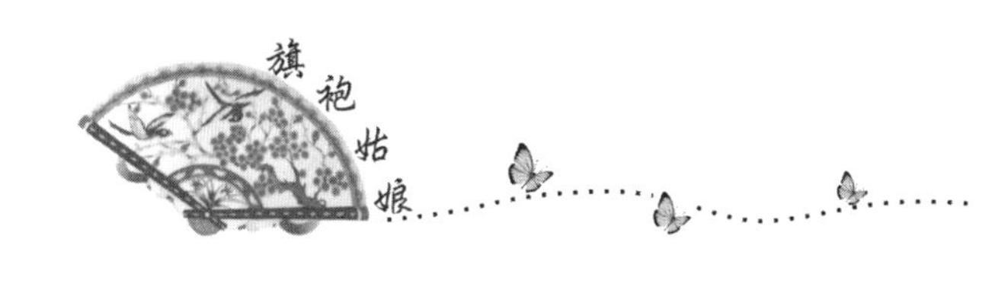

門當戶對

唐納德住在叔叔家已經四年了。叔叔老唐是洛杉磯聖蓋博華人區一個倉庫看管人，嬸嬸唐太替人縫衣釘扣，賺點錢買股票，她常常笑著訴苦，自己天天長肥，股票卻天天長瘦。

這天，唐納德從羅山姆裁縫店回家，心還在跳，山姆把他的西裝修改得十分合身。出門時山姆還祝賀他說：「唐納德，你穿了這套鎧甲，就成了一個情場殺手，百戰百勝！」

這套西裝是他叔叔二十年前在香港買的，算是叔叔送他的高中畢業禮物。一年前他找到送比薩的差事時，他叔叔還送他一部老爺車。自從他從大陸移民來美後，年年有好事。第一年拿到永久居留證，第二年數學考了一百分，第三年成了汽車階級，今年又有使人心跳不止的好事。

他那部福特老爺車，一身是病，但經他不斷的洗刷，不斷敲敲打打的修理，看上去好像是濃妝的老太太，但很少拋錨。

他穿著修改了的西裝，一回到叔叔家就問有沒有他的信。老唐在空空如也的倉庫裡看報，搖頭嘆了一聲：「唐納德，你天天問這封信，連飯都吃不下，是誰欠你這封信？」

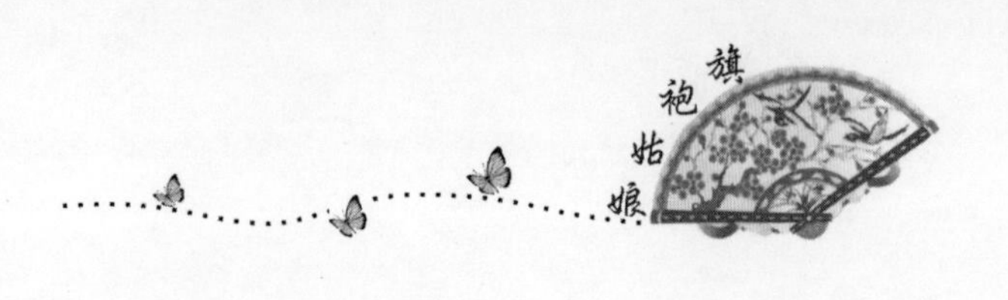

唐納德還沒有答，嬸嬸馬上插嘴問：「是不是女朋友的信？」

唐納德急急地說不是，馬上轉變話頭，請叔叔嬸嬸看他的新西裝。

「雙排扣，」嬸嬸帶上眼鏡在看：「你好像老了十歲。你要穿西裝，是不是和跳舞有關？」

「當然呀，」叔叔插嘴說：「他要參加跳舞比賽。」

「比賽什麼舞？」嬸嬸問。

唐納德用指彈去袖上的一根貓毛，興奮地說：「現在最流行的舞，吉特巴！」

「你說實話，」嬸嬸又問：「你們跳舞，是不是亂找女人？」

「嬸嬸，你放心，絕不是！」唐納德怕她多問，說完就上樓回房去了。

唐太皺著眉問她老公：「這是什麼舞，『雞偷八個』？偷什麼八個？」

「老婆，」老唐不耐煩地說：「洋名字叫做吉特巴。不要亂替人翻譯！」

第二天，唐納德的信沒有到，吃完晚飯他愁眉苦臉地給他的好友林麥克打了個電話，問麥克是不是他收到了請帖。麥克說他早收到了。臉一紅，唐納德掛了線，一言不發地上樓去了。唐太看他食慾不振，吃完飯也不幫忙洗碗，發愁地問：「什麼請帖？」

「一位台灣大老板給她女兒開個舞會，」老唐說：「慶祝他們高中畢業。」

「什麼大老板？」

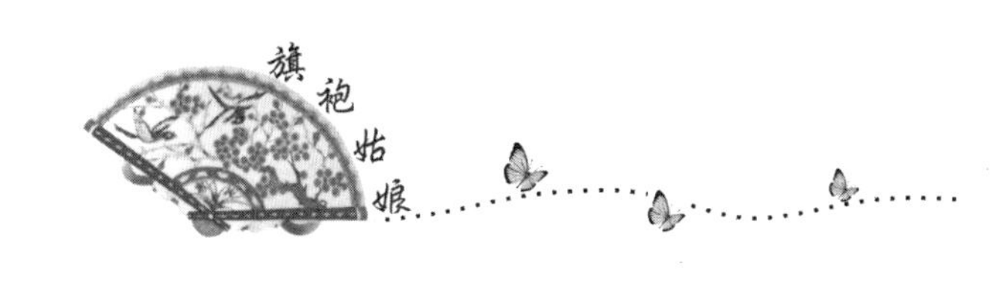

「超級市場大老板張文敬，蒙市的大地主。」

「我怎麼不知道？」

「你愛管閒事，不告訴你也罷。」

晚上林麥克來找唐納德，唐納德不在家，老唐問他關於請帖的事。

「我說實話，你不會見怪吧？」麥克不安地問。

老唐說他受過紅衛兵的拷打，臉皮比牛皮還要硬。

「張家不喜歡唐納德同他們的女兒來往。」麥克說。

「爲什麼？」唐太問。

「他們替女兒找了個對象，一姓李的大學生，叫 Jeffery，他父親是個銀行經理。」

「人家要找門當戶對的女婿，是不是？」唐太氣沖沖地問：「唐納德是個窮小子，叔叔是倉庫工人，我是車衣婦，怎麼高攀得上呀！」

「少管閒事，少管閒事。」老唐忙著說。

林麥克走了之後，老唐搖頭嘆了一口氣。「所有同班畢業的都有請帖，就是唐納德沒有。」

唐太也是嘆一聲：「每次吃完飯，唐納德總是高高興興地收碗筷，幫著洗碗擦桌子。請帖沒有，想不到他那樣傷心，老公，不要他去跳什麼『雞偷八個』了。星期六我們帶他去吃東來順，然後去看個電影。過幾天也就沒事了。」

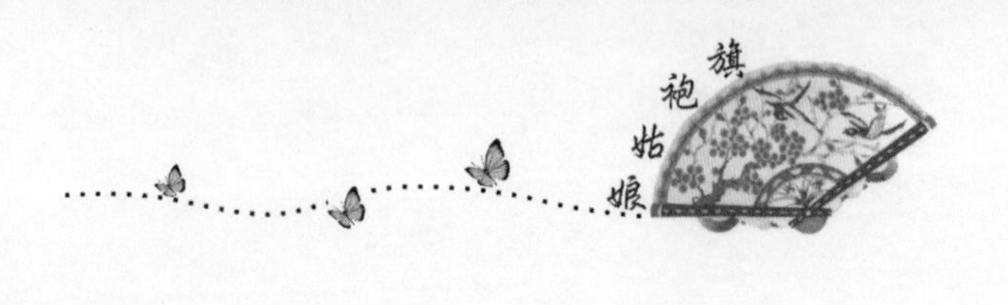

「也好，」老唐說：「我們總是省吃省喝。周六我們也去冒充冒充闊佬，大手去花一筆！」

次日唐納德回家，愁眉苦臉地往樓上走。老唐把他叫住：「唐納德，你怎麼連招呼都不打一聲？」

唐納德無精打采地說了一聲：「哈羅！」

「看你又黃又瘦，」唐太說：「坐下來吃點東西！」

「不想吃。」

「坐下來我有話告訴你。」

「知道了，麥克已經告訴你。」

「那好，」老唐說：「你把那個舞會忘記，在家好好看書。」

唐納德恨恨地說：「沒想到台灣來的人那麼壞！沒良心！」

老唐瞪眼指著他的鼻子說：「你住嘴！不許你亂說！我們的東家王先生就是台灣來的。他們的絲綢生意不景氣，你看他這個倉庫空空如也。他還在雇我，給我薪水，給我們地方住。我們又不是五親六戚，他爲什麼要花這筆錢？你說他沒良心？」

「唐納德，」唐太嘆氣一聲：「張家不要你同她們貴族女兒接近，你要知趣呀！不要再去麻煩他們那位千金小姐！」

「剛剛高中畢業不好好讀書，」老唐還在罵：「每天出去亂跑，見人也不打招呼，整天跳舞找

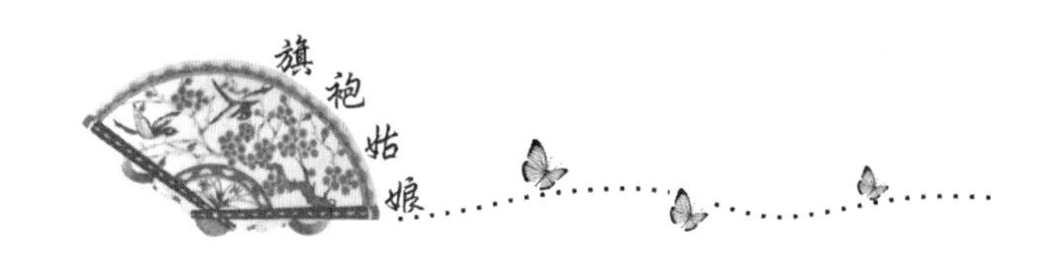

女朋友，像什麼話？」

「叔父，」唐納德也氣了：「你要我搬出去，是不是？」

「唐納德，」唐太說：「不要多心，你叔叔怎麼會說這種話？」

「我要是你們的眼中釘，」唐納德還在氣：「我就搬！」

唐納德一天一夜沒有回家，老唐一進門他太太就問：「找到唐納德沒有？」

老唐擦著汗，搖搖頭：「這孩子眞不像話，不回家睡覺連一個電話都沒有。」

「是不是出了車禍？」唐太發慌地問。

「出了車禍早會有人通知我們，他身上有駕駛執照，皮夾裡有我們的電話號碼。」

「老公，」唐太急得說不出話來：「你看…你看…。」

「你在想什麼？」

「是不是出了別的事？他消極得不吃飯，不回家，是不是有可能…。」

「自殺？」老唐瞪大了眼問。

唐太哭了一聲：「是呀！」

「不可能不可能，」老唐說：「唐納德不是那種人。」

「要是他想不開，他可以在一個小旅館吃安眠藥呀！」

「老婆，不要胡思亂想！」

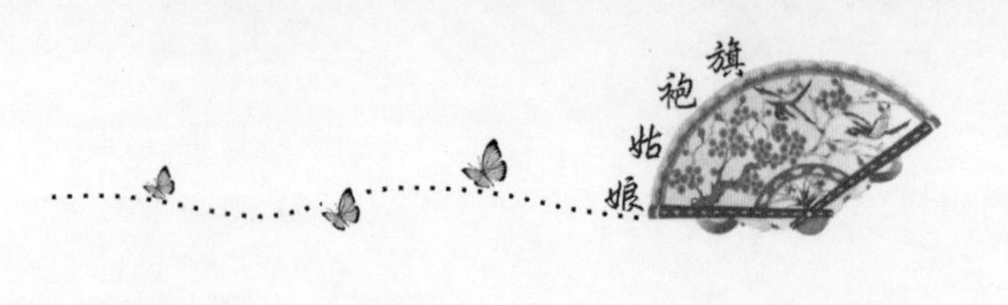

「比薩店的梁老板說，唐納德兩天沒有去工作，薪水也沒有去領。他連錢都不要了，不是想死呀！」

「老婆，照妳這樣想，我們只好等明天看報了。洛杉磯有幾千小旅館，我們怎麼去找他？」

「是那個女妖精把他害了！家裡開舞會不請他，怎麼這點面子都不給呀？」

「我們不門當戶對，」老唐嘆了一聲氣：「別提了！」

唐太愈說愈有氣：「眞要比門當戶對，我們把家譜擺出來跟他們比一比！他們是什麼？台灣暴發戶！」

「老婆，」老唐安慰她說：「在美國不能把祖宗拿出來吹牛，美國不講那一套！」

「如果姓張的要比家譜，我們就比！你唐家在中國是讀書人，你伯父還做還過浙江的教育廳長！我們黃家的祖宗還做過京官！」

「別提那些！要是我伯父沒有做過教育廳長，我也不會到農村去洗馬桶！」

「要是唐納德發生了什麼事，」唐太理直氣壯地說：「我們就得追究！我們要找張家算帳！」

話還沒有說完，門鈴響了。老唐急急開門，一時髦中年婦人入室，指手劃腳地要找唐納德質問。

「質問什麼？」老唐問。

「我是張文敬太太，我要找我的女兒。」

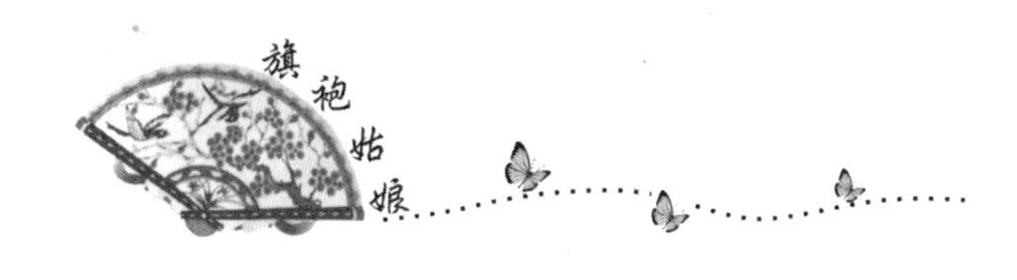

「張太太，妳是不是開了舞會沒有請我們的侄子唐納德？」

「請誰不請誰我們自己作主。」張太太說：「你們侄子在不在？我要問他幾句話。」

「妳來得正好，我太太正要找妳算帳！」

「找我算帳？你們唐納德勾引良家婦女，鬧得我們雞犬不寧！」

「是嗎？」唐太高興地問：「雞犬不寧到什麼地步？」

「我們花了不少錢開舞會，不到兩小時一半客人都走了，我們女兒也不見了，我先生說這一定是你們侄兒在搞鬼！」

「老公，」唐太問：「你說唐納德有那麼大的本事嗎？」

「老婆，」老唐說：「這是美國，沒有證據絕不能認錯！」

「你把你們的侄兒請出來！」張太太說：「我來當面問！」

「張太太，」唐太帶笑地說：「我就怕我們唐納德沒有那麼大的本事！把你們名門貴族鬧得雞犬不寧！我要佩服他，向他道賀！」

「老婆老婆，」老唐忙插嘴說：「別說廢話，我們講理，不要先認錯。張太太，我們唐納德人很老實，很重感情。你嫌我們窮是不是？」

「你們說我們高攀不上，」唐太搶著說：「我們是大陸來的，文化革命吃苦就爲的是我們家庭背景太好！告訴你，我們是貴族家庭出身，你要問是不是門當戶對，我們就來比比家譜！」

「算了算了，」老唐說：「不用比了！」

「我老公一向是個好好先生，」唐太說：「我也算是個好好太太，與世無爭。要是有人在太歲頭上動土，我們也不是坐著挨打挨罵的人！」

「我是來找你們侄兒的，」張太太說：「不是來跟你們吵架的！要是你們侄兒在，快請他出來！」

「要是你們講民主，」唐太說：「不講什麼門當戶對，什麼亂子都不會出！」

「我們一向民主，不過女兒找對象，我們做父母的有責任，不能什麼阿狗阿貓都要！」

「好！」唐太氣暈了：「你說我們侄子是阿狗阿貓。我們唐家參加過革命，一個伯伯做過廳長，我黃家也出過秀才！」

「妳眞要比家譜，」張太太站起來指手劃腳地說：「我們是張飛的後代！」

「妳還要往上爬？」唐太問：「我們唐家是唐明皇的子孫！妳再爬？看妳爬多高！」

「好！」張太太尖聲叫：「再爬你們的祖宗是北非的猴子！我們的祖宗是南非的大猩猩！看我們的祖宗誰大？」

兩家正在叫得面紅耳赤，唐納德同張莉莉進來。二人攜著手十分親熱。「媽媽，」莉莉驚訝地叫：「想不到您在這兒！」

「莉莉！」張太太又喜又恨：「妳上那兒去了？」

「怎麼舞會沒有完就跑掉了?是誰引誘妳跑的?」

「舞會沒有吉特巴比賽，大家都要走。我同唐納德看電影去了。」

「你們在那兒見的面?」

「你沒有請他，我們偷偷在麥克家見的面。」

老唐正要罵唐納德，唐太連忙作和事佬:「好啦好啦，人回來了，謝天謝地!」

「媽媽，妳不生氣吧?」莉莉問。

張太太指著女兒說:「不生氣?要是妳還小，你爸爸不把妳的屁股打成猴屁股一樣才怪!唐太太，借用一下電話，看她爸爸怎麼說。」

她給丈夫撥了電話:「不要報警，她同男朋友去看了一場電影…還是那個姓唐的，粘在一起分不開。另外那個還在嗎…?叫他回去好了…哎喲，不到十九歲，一個男朋友就夠了…!好，叫那個回去，以後不要再送花了…好，我就回來。」

「媽媽!」莉莉上前在媽媽的臉上重重地親了一下。

唐太滿面笑容地問:「張太太，我們做了好些湯丸，要不要吃一碗?」

「不要吃湯丸，」老唐說:「人家超級市場有的是湯丸，讓我來做豬耳粥。張太太，吃豬耳粥在美國僅此一家!」

張太太又撥了個電話:「老公，我要遲點回來，要在他們家吃碗豬耳粥…那不太好意思吧?我

來問問。」她轉頭向老唐：「唐先生，我老公也想來吃一碗，行不行？」

「張太太，」老唐高興地說：「吃兩三碗都行！吃粥吃不窮！我去做！」

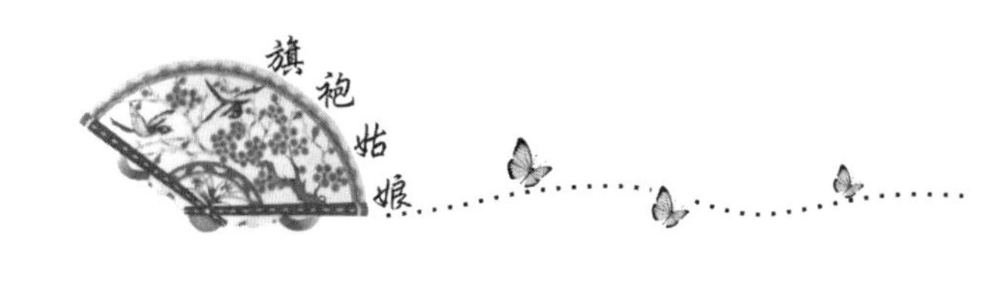

快樂夫妻

張海平和結了婚的朋友常常談結婚，大多數的朋友都說他們結婚操之過急，等於把不熟的蘋果匆匆忙忙地摘了下來。

他的同事富蘭克說，不穩的婚姻都是因爲一見鍾情，性在作怪。他把他的婚姻比成買車。原應買部新車，但看見了一部好看的舊車，不顧一切地買了下來，一周後就拋錨，他的婚姻就是如此。

他和富蘭克常常爭辯，他說婚姻的不穩，絕不能歸罪於一見鍾情，說性在作怪尤其錯誤，如果沒有性的吸引力，根本就無戀愛結婚的可能。

但他承認，他買的車是賓士牌，他的太太也是賓士級的女人，好看結實耐用，從不拋錨。富蘭克說他們才結婚一年，等三五年後再吹牛。

他同李芳芳都是加州大學的碩士，他研究電腦，她學圖書管理，都在洋人機關工作，工資不錯，如果拼命留錢，五年後，可以在聖馬里諾買幢五十萬的房子。他們在小台北住了一年的公寓，雖然有兩房一廳，太太已經在附近的聖馬里諾鑽進鑽出，物色新居。他可以先苦後甜，但太太是台

灣來的，經濟條件不同，她叨叨要搬，他也能同情。婚後一年中，他們的關係有如齒舌，雖然沾在一起，牙齒很少咬舌頭。

這天，他從電腦公司辦公回來，在洋人書攤上看見一本雜誌，首篇文章名叫《所有的快樂婚姻都有秘密》。他買了帶回家，想研究一下怎樣保持他們婚姻的快樂，所謂未雨先買傘。

太太在市立圖書館做事，放工雖早但還沒有回來。他開了一瓶啤酒坐在沙發上，翹起二郎腿把雜誌打開。這篇文章劈頭就問：「你的婚姻是不是快樂？」

他呑了一大口啤酒，望著天花板想了想，一年來的婚姻生活比打單身好多了。睡覺有伴，吃飯洗碗有說有笑，過年過節有親友團聚。以他來說，婚姻很快樂。

他再往下看，文章接著說：「如果是快樂的話，原因是你從不把眞心話說出來去傷害對方的感情。據哈佛大學著名心理學家的研究，如果要保持婚姻快樂，有些事一定要嚴守秘密。」

他又呑了一大口酒，李芳芳還沒有回來，她是不是和人有約會？他從來沒有問過，現在倒不妨開始調查一下，無意中去談談她放工後的活動。

文中又說：「你先要把你自己的秘密之門打開，看看你的密室裡藏了些什麼。你會驚訝地發現你有堆積如山的秘密，如偷看裸體照片，幻想和電影明星做愛。如在街上跟著一位曲線極美的女郎走，你會目不轉睛地望著她的背影，希望你是千里眼，不但看得遠而且看得透，衣服裡的裸體一目了然。」

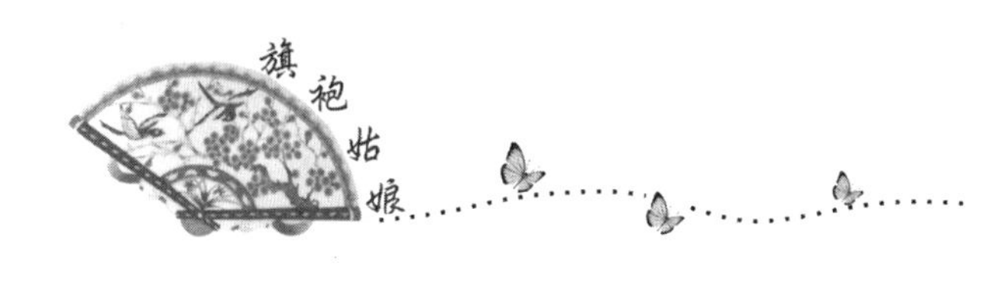

他想了一想，發現這些秘密他都有過。他不知道李芳芳的秘室裡藏了些什麼，如果他能到她的心裡去遊覽一番，是不是他會大爲驚訝？至少有一個秘密他已經知道了，她在洞房花燭夜的那晚，她已經不是處女了。那位優先的人是誰呢？是一夜之情還是長期關係？那人是不是愛她，或是逢場作戲？這些秘密已經是一大堆了。今晚他要無意中去問問她，她婚前到底交了些什麼男朋友？

去年她回台灣去探親一次，他到三藩市去開會一次，她從台灣回來後，把她的中學體育教員談得興高采烈，說他如何幽默有趣，最近他同她的女朋友結了婚，他們三人在一起好開心。這是不是一半眞一半假？是不是他們兩人在一起玩得好開心？有一次她在客廳打電話，他一進門她就急急掛線，是不是她同男朋友在談話？這篇文章又說，百分之二十的妻子都有男朋友，百分之三十的丈夫都有女朋友。

這一點，目前他還不能承認，但在五年十年後誰敢擔保？

第二天是星期六，慣例是他和男朋友去打網球，太太和同事去看電影。他決定留在家裡把這篇文章看完，寫下些問題，吃飯時無意中去問問，看看李芳芳是不是眞有秘密。星期五她回家很遲，到底上那兒去了？星期六她和女朋友去看早場電影，是眞還是假？

她回家時已經是六時半，他問：「電影好不好看？」

李芳芳聳了聳肩：「馬馬虎虎。」她說。

「是武打還是愛情？」

「你知道我不看武打片。」

「什麼愛情片？三角還是同性？」

李芳芳望了他一眼：「你爲什麼追著問？」

他想，一定有秘密，看的什麼電影她都不知道：「我有些好奇，聊聊有什麼關係？」

「什麼都不是！」她不高興地說：「三角愛同性愛我都討厭！」

「你去了一下午，片子有那麼長？」

「我去買東西！」

空氣有些緊張，她用緩和的聲音帶笑地問：「我買的新鞋，你沒有看見？」

「沒有留意。」他看了看她的銀色新高跟鞋。他不喜歡，像妓女穿的鞋。

「我又買了肉色的褲襪，你瞧。」她把裙子撩起，絲褲襪在漂亮的腿上發光。「你再看看我的頭髮，有什麼不同？」

「很整潔，一絲不苟。」

「我在一家美容院洗了頭。你聞聞，」她把頭偏向著他，他聞了一下，果然有微香。她又問：「我的新耳環你都看不見？」

「看見了。眞珍珠還是假珍珠？」

「誰要假珍珠呀！」她笑了笑。

耳環好像很貴，文章中說過：「許多太太都有私房積蓄，都是從生活費中秘密節省出來的。」

他沒有說話。「我買的東西你不喜歡？」她問。

他呑了一下口水：「喜…喜歡。」

「你最好把你的西裝送救世軍，買一兩套新的穿穿。」

他沒有答，忽然覺得太太說話不很客氣，她從來沒有這樣批評過他的服裝。她坐在沙發的另一頭，也是半天沒有說話。他們結婚的前半年，總是有說有笑，有時還嬉笑地互相打鬧。這篇文章中說，夫妻不說話是「謹慎的靜寂」，雙方都在檢查自己的私事，看什麼可以公開，什麼必須嚴守秘密。

那晚，他們吃了一頓電視快餐，靜寂的時候好像愈來愈長。他原想同她去看場電影，但又不敢問，怕她拒絕。他從來沒有那麼敏感過，好像他們忽然變得生疏，不敢隨便說話。

星期天他們一同上了教堂，很少說話。下午在家看電視，她看什麼他也看，不想看的他也不說，有時眼睛在看，心在想別的事。那篇文章說，如果一方覺得生活平淡乏味，那是婚姻變化的開始。他想到婚姻變化心裡有些發慌。他想知道李芳芳在想什麼。平時他們什麼都問，什麼都說，現在他們忽然變得拘謹，連從前用的那句英文：「A penny for your thought.」都難於啓口了。

晚上他們看完電視，她忽然問：「海平，你常到葉家去串門，是不是？」

葉孟庭住在對街，是位香港《虎報》派來的通訊員，太太做過電視演員，有些風騷，他喜歡去

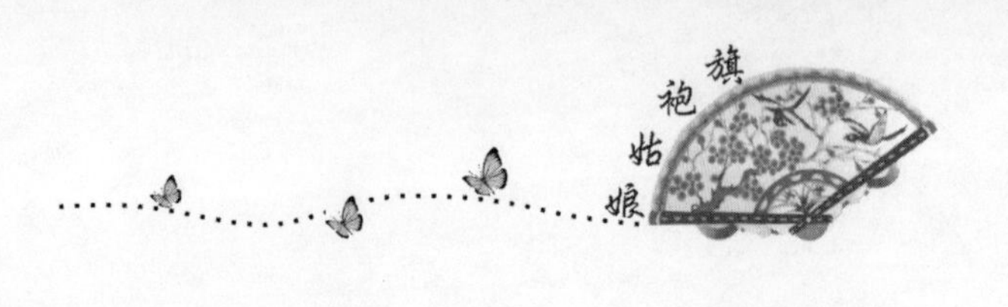

串門，與葉孟庭瞎聊。太太為什麼要問？是不是她覺得他和葉瑪麗有染？「妳怎麼知道我常去串門？」他問。

「你總把車停在他們的門前。」他太太說。

他瞪了她一眼，用英文說：「聽著，我要是同葉瑪麗私通，我會把車停在她的門前嗎？」

他太太睜大眼睛驚訝地問：「誰說你同葉太太私通？你這樣說是不是做賊心虛？」

他們又寂靜了一會兒，他不知道她在想什麼，是不是她已經發現了他一些秘密，對他開始懷疑？瑪麗走路一扭一扭的，十分肉感，他承認她坐下時他偷看過她的腿，這是他的秘密之一。他強笑了一聲，用英文說：「妳變了，芳芳，妳變得很懷疑。」

「你也變了，」她用中文答：「你常常半天不說話。」

「妳要我說什麼？我的外遇？妳先說妳的吧！」

「你為什麼這麼敏感？」

「妳是不是懷疑我和葉太太有染？」

「我從來沒有說過這種話！」

「妳說話同檢察官一樣。我倒要問妳，妳星期六下午上那兒去了？」

「我同朋友看完電影買東西去了，已向你從實招過！你還要知道什麼，檢察官？」

「妳買珍珠首飾，花了多少錢？」

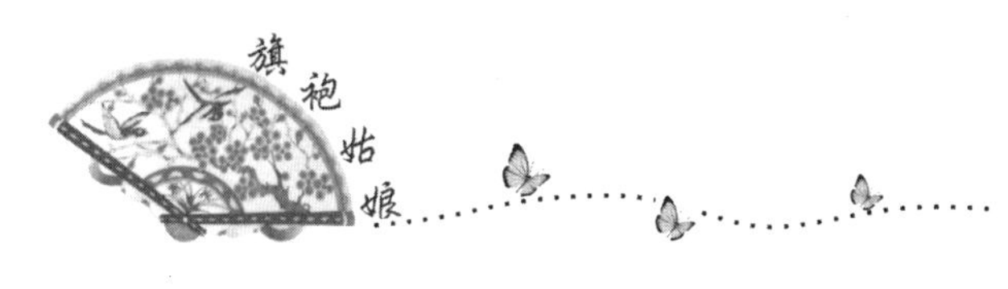

「我用不著把我花的錢向你一五一十地報告！」

「妳常常打電話，」他不高興地說：「我一進門妳就掛線！」

「好！」她一氣站了起來，拿起皮包向臥室走：「以後我打電話先向你註冊！」

他心不在焉地看了半小時的電視，他回到臥室時，李芳芳還在洗手間。窗戶外的後院月明如畫，蟲聲唧唧。窗上有蜘蛛在結網，靠窗的玫瑰花被小蟲啃得抬不起頭來，一隻貓在窗外跳過，好像在追捕什麼。他不禁打了一個寒噤，後花園象徵著這個世界，能跑的、能跳的、能飛的天天都在捕食，設陷阱，暗害，謀殺…以前的後花園，他看到的、聽到的是鳥語花香，今晚卻變成了一個可畏的殺場，他趕快把窗帘拉下。

李芳芳從浴室出來，換了紫身牛仔褲，臉上略施脂粉，拿著皮包好像要出門。「海平，」她說：「我知道你有秘密，這本雜誌說得很清楚。夫妻間的秘密百分之三十是錢財，你到底賺多少錢一個月？百分之二十的秘密是和別人私通，你同葉太太到底有什麼關係？百分之十的秘密是你的嗜好、酗酒、賭博等，其餘的秘密是你的幻想，你到底想些什麼事？搶銀行？偷情？欺騙入息稅？」

她把這本雜誌向咖啡桌上一扔，哼了一聲，扭著腰出門了。她的曲線畢露，薄薄的絲綢襯衣顯得特別肉感。「妳上那兒去？」他叫了一聲。

她在門外轉身低聲地說，好像告訴他一個秘密：「我的嫂嫂剛剛生了孩子，我去幫忙，行不行？」

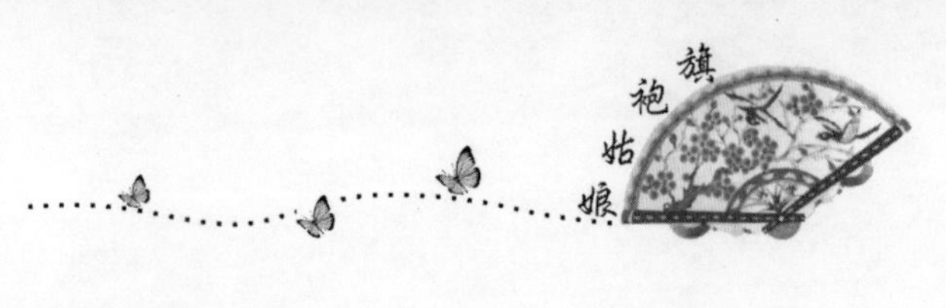

她走了後，他不知她去幫什麼忙？嫂子出了院，孩子睡覺吃奶，有李老太太招呼。她一定是借故出門，找男朋友去了。

他從咖啡桌上拿起那本雜誌，他想雜誌怎麼會落到她的手裡？他昨晚就把它藏在床上的褥子下了，她是不是在檢查他的東西，連褥子下面都翻過？

他有些發慌了，打了一個電話給他的同事富蘭克，先向他道歉，現在他同意他對婚姻的看法，操之過急，蘋果摘得太早，現在他才發現他的錯誤，富蘭克歡迎他參加他們受屈丈夫的集團。

他上浴室時，忽然想起了他在馬桶上翻過那本雜誌，他是不是自己把雜誌帶進浴室的？如果是，太太看見了，難怪她會翻閱那篇文章。如果太太真的去幫嫂嫂的忙，她應當到了她的家。他馬上撥了個電話，李老太太接電話，說芳芳的嫂子生育，不能去他們的比薩店工作，芳芳今晚去幫忙，已經走了。

他又急急打了一個電話到他們的比薩店，果然芳芳在。他有些歉意地說：「我剛把那篇捕風捉影的文章看完了，現在閒著無聊，要不要幫忙？」

他太太說今晚的生意特別好，需要多一個人送比薩。

他讀中學的時候送過比薩，開門的人多半笑臉相迎，有些單身女人還請他進去喝杯咖啡。送比薩是好差事，還可以賺小費。

他把那本雜誌恨恨地扔入了垃圾桶，急急開車上了高速公路。他打開收音機，隨著車中的輕鬆

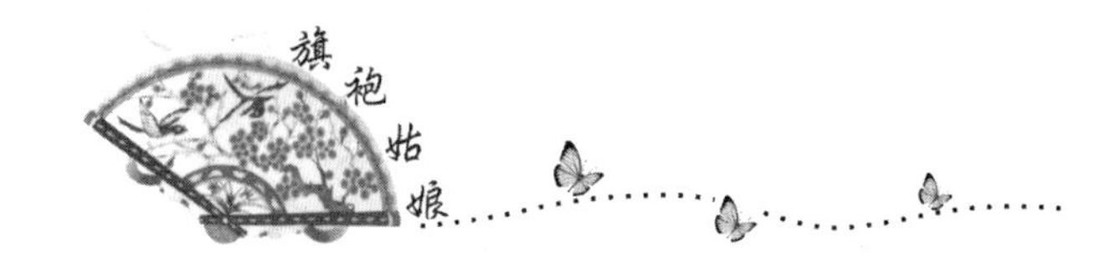

音樂，搖著肩哼出一首情歌，獻給他的太太。他現在只有一個顧慮，開豪華賓士車送比薩，是不是有人懷疑他是個偷車賊？

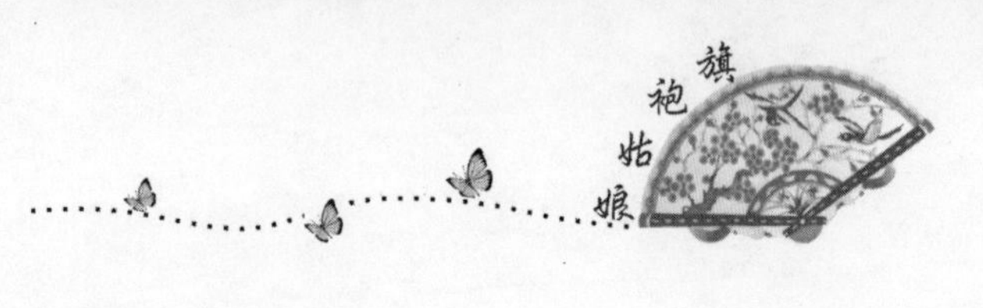

返老還童的古董店

洛杉磯的華人中，有大學教授在賣人壽保險，醫生當管家婆，退休上校開烤肉店，少將做玉器生意，外交官開酒店和雜物鋪，最慘的是律師在成衣店打工。如果一個餐館中的薑蔥牛肉是一個博士在炒，也不算奇怪。這些人都是古董店老板蔡云的朋友。

大多數華人都常去華埠買鹹魚、雞腳、皮蛋等，與西人雜居的中國人，雖然住得遠，也要一月去跑一次，買些西人一見變色的食物，久之，有些西人也學會了吃豆腐、鹹蛋和苦瓜，完全西化的兒女對父母親吃鹹魚、牛腩、豬耳朵也不大驚小怪了，而且有時也閉著眼吃一口，知道這些食物是在窮苦中練出來的下飯佳肴，有千餘年的歷史。蔡老板最愛鼓吹中國文化，對中西文化的交流貢獻不小。

洛杉磯的華埠離市中心不遠，房屋陳舊，街道雜亂，行人多半是老華僑，偶然還可以看見裹腳的老太太。

蔡老板的古董店開在華埠的一個商場裡，四周是服裝、木器、工藝品和禮物店，也有南北餐

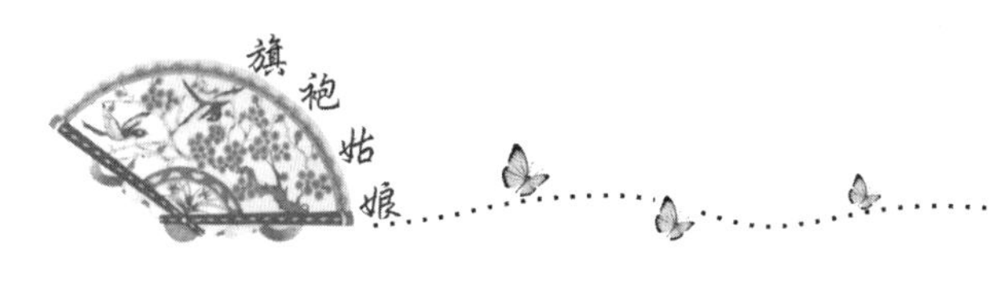

館，生意不錯，但蔡老板的古董店，是該商場的社交中心。他店裡的古董堆積如山，他在靠門處設了一個會客角，有大小桌椅、茶壺、糖果招待客人。那個角落裡，天天滿座，出出進進的多半是他的退休朋友。

他說，較年輕的人都是那麼緊張，有些人四十長白髮，五十得冠心病，六十中風，七十壽終正寢。

他才六十許，已經是玫瑰山送葬的常客。他的朋友多半是七十開外，都是喜笑顏開，紅光滿面，人老心不老。大家都說他的古董店可以使人返老還童。

他那古董店的特點是常常有歡笑聲，遊人一聽就止步向裡看，有的還以為是酒吧或夜總會。不想買古董的也要進去裝著買古董，察看裡面的大古瓶。蔡老板聲音洪亮，笑臉相迎，不等客人問價他就先說，這是明代古瓶，不值上面標的二萬五千元，但是他少一文也不賣。說完哈哈大笑。

奇怪的是，最近有西人用二萬五千五百元買了一個。

有人問他為什麼不按標價賣，他說古董是通貨膨脹的保險，因為古董天天在漲價，不賣反而賺錢。

因此，他對於生意好壞毫不關心，但他也不願意坐在店裡看報打瞌睡，所以他把店當成社交場所，廣交天下「英雄」。他不管生人熟人，總是倒杯龍井，請人坐下聊聊天，交個朋友。許多人變成了常客，有的人頂多向他買瓶萬金油，他絕不計較。

店裡有兩位是五年的常客：一位是香港移民來的馬先生，七十九歲，看來六十許；另外一位是廣東老華僑龔先生，在台灣做自行車生意賺了錢，早已退休。他的年紀從不告人，怕人送壽禮。現在他的女兒女婿接管了他的生意，讓他在家享些清福，他的所謂清福，就是每天到蔡老板的古董店 **chew fat** (嚼肥肉)，瞎聊之意。他贊成蔡老板的人生觀，同意他的說法，做古董生意不賣也在賺。他把蔡老板的古瓶視爲地皮，可以做幾個孫子的大學教育費。

蔡老板沒有孫子，他說：「我一到八十，就要把所有古瓶賣掉，把錢留給自己用。」有人問把那筆錢派些什麼用場？蔡老板說結婚要用錢。他彎著手指一五一十地算了算。戀愛時要送禮買花，上餐館，看戲跳舞；婚後要買新居，坐名牌汽車，添置衣服，銀行存摺也要有幾個。到時他還得換一副假牙。

有人問，他現在的牙齒都是自己的，爲什麼要等八十無牙的時候才結婚？「等古董漲價呀！」蔡老板哈哈大笑地答。他忽然變得嚴肅地說，他的太太剛過世兩年，他也得多享幾年的單身生活。

他說他不怕老，老了有人敬重，智慧比人高，對女人無威脅，反而有好感，可以大膽說俏皮話，講黃色故事，不會被人視爲「色狼」，頂多說他這個糟老頭是人老心不老。

談到死，他更不怕。他相信死是旅行，旅程神秘，不是世外桃源就是極樂世界。「不過，」他常說：「人在死之前要享盡人間快樂。最大的快樂是美滿婚姻。」他最大的遺憾是沒有嘗試過眞正

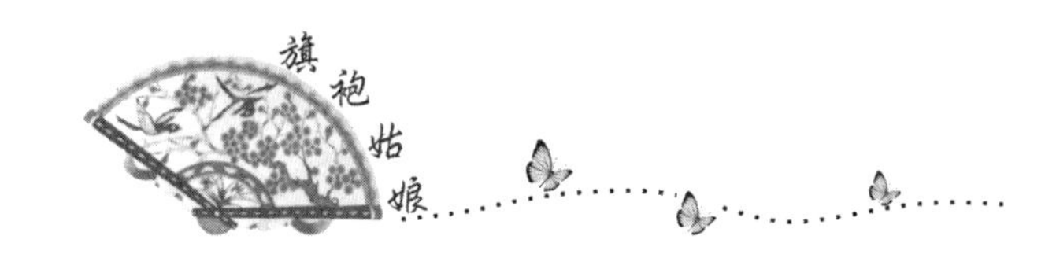

的愛情。

他每談到戀愛結婚，總有人說：「祝你桃花運好，一帆風順！」

「用不著什麼桃花運，」他說：「先要學習做個西門慶，多吃人參海狗鞭！」他哈哈大笑幾聲後，又很嚴肅地說：「言歸正傳，我有個秘方：早起早睡，體忙心忙，不煙不酒，不急不躁，常打哈哈，人老心不老，吃個八成飽。如果能做到以上的幾條規律，人到八十還可以左擁右抱。」

有人問：「你一定要等八十才結婚嗎？」

他說不一定。他的九十老母天天在罵他不孝有三無後爲大。如果他能遇到一位還能吐絲結繭的對象，他也不會等了。他不考慮年輕淑女，俗話說：女人好比甘蔗，愈老愈甜，只要還能結繭就行。

蔡老板最樂觀，他說人老多錢，不老多電，兩者都能使對方高興。只要妻子高興就是好婚姻。他把自己的婚姻都安排好了：第一，他的一打古瓶足夠買一幢吉屋，他的精雕象牙塔可買一部豪華汽車，鑲玉的幾個古董屏風足夠給新娘買些金釵玉鐲和幾套時裝。

他還有許多古董鼻煙瓶和大小玉雕，足夠一生的生活費，另外還有明清的字畫和齊白石的魚蝦，足夠他們兩人的醫療保險。他有慈禧太後親筆寫的「壽比南山福如東海」，可以在玫瑰山買兩塊墳地和兩個上等棺材。

他六十大壽的那天，在店裡大談生老病死的快樂，一位中年婦人送來一盤生日蛋糕，蔡老板眉

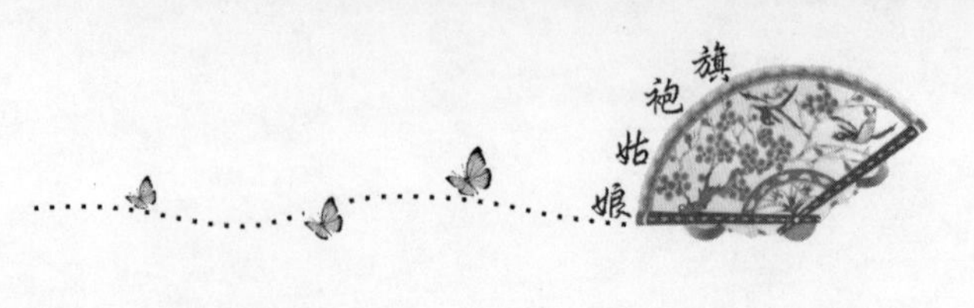

飛色舞地介紹，說張女士是隔壁糕餅店的女老板，心地良善，為人大方，商場的好風水，都是她帶來的。

張女士笑著用手指在他的臉上重重地點了一下，請他少說廢話，趕快吹蠟燭切蛋糕，她領頭唱生日快樂。兩人十分親熱，看來雙方都有十足的電在交流。蔡老板忙著切糕倒茶，笑聲不絕，頓時滿店都是歡笑。

那天，客人都估計蔡老板不久就要賣店了。有人不禁有些悲傷，但大家都覺得受益不淺，尤其是馬先生和龔先生，他們每天回家覺得年輕了二十歲，又風流，又樂觀，走起路來步大而有勁，挺胸又仰頭，毫無數年前的頹喪氣。馬先生說他有一次回家，在路上轉臉看過街美女，和一個電線桿撞個正著，把金絲眼鏡也打破了。他一到家給自己倒了一大杯燒酒，慶祝他的返老還童。

現在，大家都喜氣洋洋地等喝蔡老板的喜酒，希望他買吉屋和豪華汽車的那天，張女士還能替他吐絲結繭，使得九十老母喜笑顏開。

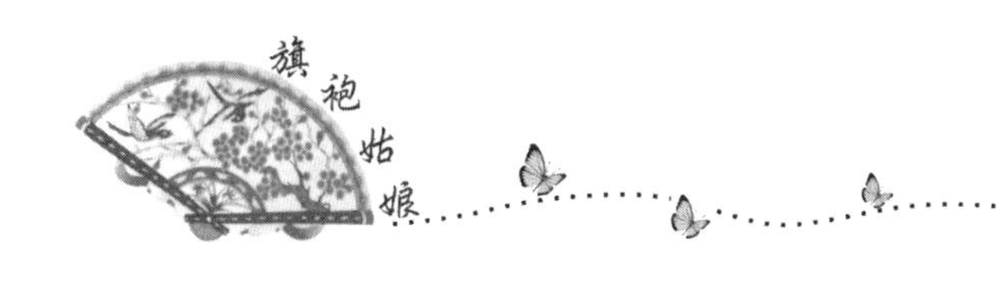

愛的烈火

快三年了，任芳仍在追求一個轟轟烈烈愛情。最近認識了伍昆，天天緊張，日夜等電話，好像吃了迷魂藥。伍昆是一位從大陸來的小提琴家，幾次成功演奏，把他的知名度打得和台灣的紅歌星劉向子一樣響。劉向子不易接近，伍昆卻不然，他不但亂發名片，而且當了舞師，在兩家較大的舞場義務教授國際探戈。

任芳同他學了兩次舞後，就一頭栽進了情網。她愈跟伍昆接近，愈覺得她的丈夫何盛更平常，更沒趣，好像樣樣遜色，每到晚上她就開始不安，怕丈夫碰她、抱她。至於何盛，五年如一日，對她絕對眞誠、愛慕，待她無微不至。他的甜蜜，就是她的苦水，愈甜愈不好喝。每到有這種矛盾的時候，任芳就要向好友唐瑪麗求教，找安慰，有時她們在電話上可以長談兩三小時。唐瑪麗是一位過來人，離婚兩次後，常常替別人分析愛情，做顧問。

任芳同瑪麗年齡不相上下，三十開外，都是小台北賓士車階的時髦太太。這天，伍昆的電話沒有來，任芳心亂如麻，坐立不安，給瑪麗打了一個電話，約她到香港咖啡座見面，有事討教。

唐瑪麗喜歡在香港咖啡座聚會，說那裡的年輕人多，她還常常說「童子雞」的精液最有益於中年婦人的身體。任芳原不相信這樣謬論，但瑪麗總是精神奕奕，滿面紅光，看起來比她年輕十歲，而且瑪麗的傳呼機總在響，每到一處她總有男人追著打電話。任芳不得不羨慕，凡事都要向她求教。

瑪麗一向遲到，不料今天她先到了，坐在一個角落裡打電話。任芳在她旁邊坐下，心在跳。瑪麗收了電話機嘆了一口氣：「快說，情海又生波了？」

「我下了幾次決心要同他斷絕關係，」任芳幾乎要哭地說：「但總是忘不了他！他三天沒有理我了！」

「芳芳，這是妳自己造成的煩惱。妳要學我，把男人看成飯碗、傭人、出門的伴侶和洩慾器。最好是四個，各有所長。」

任芳知道瑪麗有四個男朋友，一個替她打雜，一叫即來；一個老外電影明星陪她出門；一個草包，長得帥，功夫好；一個有病有錢。「妳的四個男朋友，」她問：「妳一個都不愛？」

「芳芳，」瑪麗用教導學生的口吻說：「愛情是稀有的珍品，是水上的一輪明月，天天有人在撈，可是撈不到。什麼是眞愛情，妳先來談談。」

任芳想了想：「我說不出來。」

「眞正愛情是一種烈火，會把妳的肉體和靈魂完全溶化。妳要把妳的愛人整個吞進去。要他僅屬於妳，妳要和他結成一體，讓愛火永遠燃燒著，眞正的火來了也不逃，天塌下來了也不管。那就是妳的天堂，妳的極樂世界，也就是兩人所說的『Perfect orgasm』，我懷疑妳不會有過。芳芳，學學聰明，把它看成水上的明月吧。我問妳，妳的丈夫是我所說那四種男人的哪一種？」

芳芳又想了想：「打雜的那一種。」她皺著眉說。

「我勸妳再去找找另外的三種，一個有名，一個有錢，一個上床，妳就可以把伍昆忘記。妳要知道，眞正的愛情可遇而不可求呀！」

任芳離開唐瑪麗後，開車回家途中仍舊是心亂如麻，瑪麗的忠告使她啼笑皆非。她想到瑪麗所提的愛火，她已經有過，她一想伍昆就有一種溫暖的快感衝上心來。是不是伍昆眞在忙？是不是她在胡思亂想，自找苦吃？她一向要面子，如果男人不回電話，她不再打，現在是度日如年，只好投降屈服，再給伍昆主動打個電話。

伍昆聽見她的聲音，連連道歉，說他組織演奏會，天天開會。

「我現在來看你行不行？」芳芳大膽地問。這是她第一次主動要去看男人，聲音微微發抖，怕他拒絕。

「快來，快來！」伍昆親切地說：「我陪妳去跳舞！」

她開車到小台北附近的希爾頓時，口乾心跳，她想同他去看場電影，以免跳舞時別人搶。不料一進旅館房門伍昆就把她緊緊摟住，在她臉上嘴上狂吻起來，好像乾柴烈火，一觸即燃，他把她急

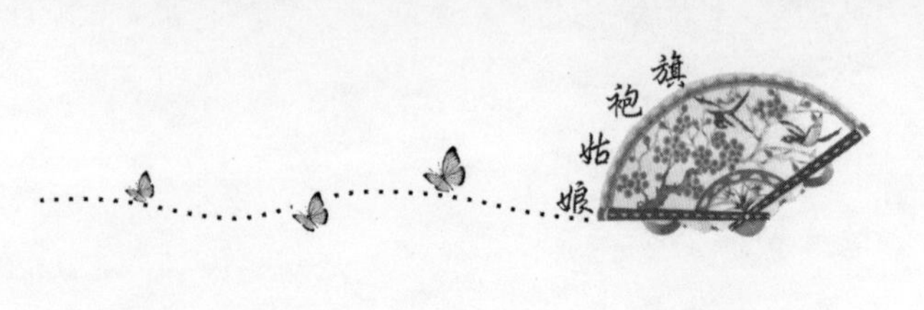

急抱到床上狼吞虎嚥，等愛火燒得轟轟烈烈時，她想起了唐瑪麗所說的極樂世界，眞的火燒起來了她也不會逃，天塌了她也不會顧，這不是眞愛是什麼？

伍昆出了一身大汗，躺在她身旁哼哼地笑：「我第一次聽見妳那麼大喚大叫，」他得意地問：「我眞的給了妳那麼大的快樂嗎？」

她還在喘著氣，她的心被身都被愛火溶化了，她情不自盡地在他赤裸裸的胸上親了幾下，無力而感激地說：「伍昆，我從來沒有嘗過這樣的快樂！」

伍昆又笑了笑：「我從來沒有遇見過妳這樣的紅辣椒，好開胃呀！別的女人同妳比，都成了冷血動物！」

他一提別的女人，她的心刺痛了一下。她轉過身去，一言不發。

「怎麼了？」伍昆問：「我說錯了話？」

她停了停，冷冷地回答：「你以後離開我，我不知道怎麼辦。」

「不要說煞風景的話，行不行？」

「你成了名，總有一天會離開我。」

「我要在這裡落葉生根，完全是爲了妳！」

「有什麼證據？」

「我愛妳，這就是證據！」

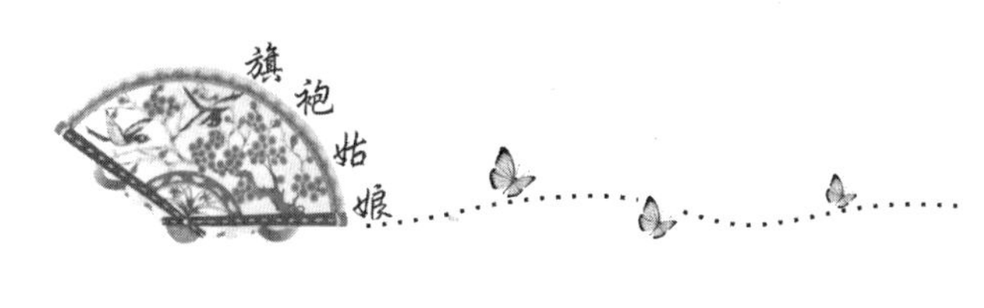

「這種話你同什麼女人都可以說。」她緊閉兩眼，兩滴熱淚從眼角裡擠了出來。

伍昆把她轉過身來，緊握著她的雙臂，在她的嘴上重重地親了一下：「芳芳，妳馬上離婚，我馬上娶妳，我們夫唱婦隨，遠走高飛！」

他說到這裡，她情不自禁地把臉埋在他的懷裡，感動得放聲哭了起來……。

她回到家時，已經是半夜了，丈夫何盛已經上了床，瞪著眼望著天花板。見她入室，他跳了起來，緊張地問她到哪裡去了。她一向怕他問東問西，今晚她卻不介意。在她歸途中，她已經把婚姻和不如意的往事打成了一個包，拋到九霄雲外去了。現在她是無慮無掛一身輕，心身沉醉在愛海裡。「同朋友宵夜去了。」她輕鬆地答。

「我已經做了宵夜的菜飯，等了妳一夜。怎麼不帶朋友來吃？」

何盛總是對她那樣殷勤，她不得不承認他是個好老公，但是他們的關係已經成了沒有電瓶的汽車。他愈對她好，她愈覺不安。今晚她決心對他好一次，以免來日受良心上的責備。

她把要說的話都想好了，在車上時已經溫習了幾遍。她想馬上說，但又不忍操之過急。她坐在沙發上輕輕嘆了一聲氣，想說些不相干的事以緩和空氣。她說：「今天忙了一天，好累！」

何盛馬上要按摩她的腳。從前她怕他碰，連拉手都不舒服，現在她把兩腳一伸，何盛急忙跪在地毯上，開始捏她的腳趾。「要不要喝杯橘子水？」他殷勤地問：「容易累是缺乏維他命C。」

他不但捏腳，還要倒茶倒水，替她蓋毯子，加枕頭，一邊忙一邊不斷地問她舒服不舒服。她閉

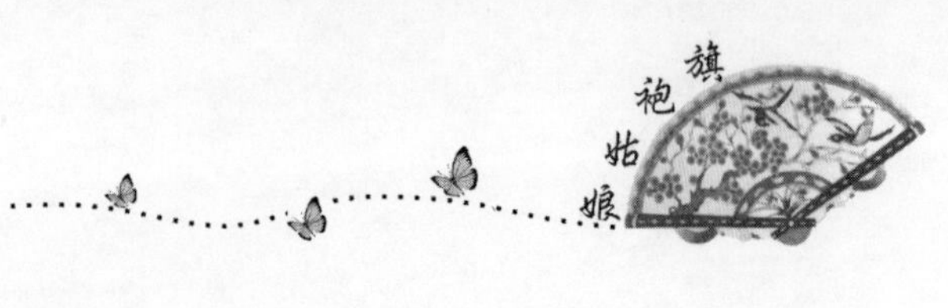

眼不答，有時點點頭。「我能不能按摩一下妳的大腿？」他又小心翼翼地問。

「要做就做，不要問。」她懶洋洋地說。

他好像一個得寵的孩子，開始在她的大腿上又擠又摸，紅著臉，張著嘴，呼吸漸漸急促起來。他忽然又問：「芳芳，我們好久沒有做愛了，今晚能不能和妳親熱一下？」

她決定送他一個告別禮。她站起來伸了個懶腰，沒有看他就向臥室走去。「上床去吧。」她輕輕地說。

她一頭倒在床上，兩腳攤開，打了一個呵欠。她丈夫見她這樣隨和，一個「不」字也沒有說，興奮得幾乎說不出話來。他手忙腳亂地替她脫衣，然後又東倒西歪地把自己的衣褲除掉，嘴在哼哼嘰嘰，似笑非笑，她見他這樣笨手笨腳，又像餓狼飢不擇食的模樣，真是啼笑皆非。

當他抓到她身上時，她沒有覺得惡心，也不覺得討厭，她發現一個女人在愉快的時候她自然會寬宏大量起來。不料何盛出人意外地持久，在她身上好像騎馬飛奔，有聲有色，使她漸漸不安起來，先是毫無感覺，然後開始惡心。當她忍無可忍的時候，她渴望壓在她身上的不是何盛而是伍昆。在她幻想伍昆的一刹那，忽然一陣快感如狂潮似的湧了上來，頃刻間一切都回到了希爾頓的寬床上，她和伍昆已經成了一體，愛火轟轟烈烈地在燒，這時，她不由自主地狂叫狂動起來了……。

何盛起床時，滿面紅光，精神煥發，不斷地向她道謝，好像中了一個一百萬元的樂透獎。

芳芳不安地忙著穿衣，想急急同他結束夫妻關係。

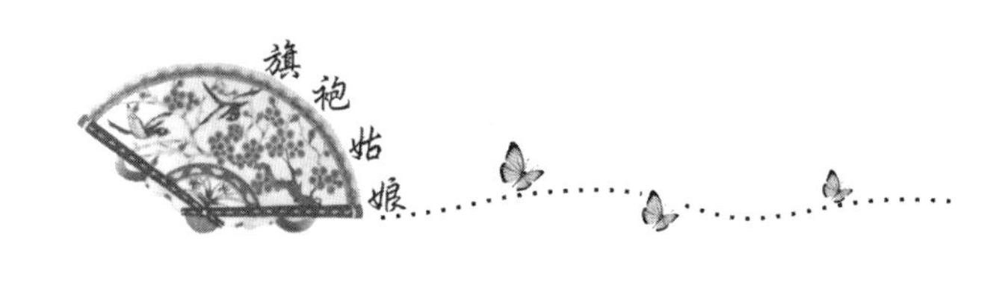

「請坐下來，」她說，聲音冷淡而急切：「我有話同你講。」

何盛一屁股坐在沙發上，滿臉笑容地舉起雙手。

「芳芳，從今天起我一輩子要聽妳的話！一輩子要做妳的奴隸！」

她丈夫的感激表情和聲音使她起了些雞皮疙瘩，她一針見血地說：「我要離婚，請你馬上答應！」

何盛發痴了，瞪著大眼說不出話來，嘴唇在抖動。

「妳…妳講什麼？」

「我要離婚！」

「妳…妳在開玩笑？」

沒等他說完，她搶著重複了她的離婚要求。何盛好像還不相信自己的耳朵，唧唧地笑了起來。

「芳芳，妳好幽默，笑話眞棒！」

「誰同你說笑話？」任芳不耐煩地說：「你不肯，我就去找律師！」

何盛的臉忽然變得蒼白：「芳芳，我們剛剛做完愛，我從來沒有看見你那樣快活過，我到今天才知道妳這樣地愛我…。」

她難受，不知是後悔還是自卑，決定將實話說出來：「不是我愛你，是我在想別人。我愛上了別人，算我對不起你，請你答應離婚，除我的衣服外，什麼東西都給你…。」

何盛一言不發，向門口衝去。到了門口好像又改變了主意，他呼吸急促，全身在發抖。

任芳忙退到一張桌子後面，以爲他要動武。她不知道是否乾脆讓他打一頓，或奪門而逃。正在猶豫，何盛把自己的頭向門上猛扎，扎得皮破血流，滿臉是血，他把門恨恨地打開，慘叫一聲，氣沖沖地走了。

她更發慌了，他是不是要自殺？她急急給唐瑪麗撥了一個電話，一口氣把她這個遭遇一五一十地告訴瑪麗，請她指點。唐小姐很同情，勸她不要太激動，叫她安靜下來聽她分析：「首先，妳要向自己道賀，眞的在水中撈到了月亮。妳一想他就登了天堂，眞是奇蹟！這種熱烘烘的愛，我一生中還沒有經驗過。現在妳要緊緊抓住時機，有了這樣的熱愛，天塌下來也不要顧了！芳芳，我好羨慕妳呀！老美有句話：『I'll cut my right arm to be in your shoes!』」

瑪麗的話把芳芳說得氣都喘不過來，興奮得通宵不能成眠。次日一早她就開車上高速公路，心急得還衝了兩個紅燈，引起別人怒按喇叭。到了希爾頓，她三步並作兩步地上了電梯，心在狂跳。她已經想好了，不管離不離婚，她要跟伍昆走，有福同享，有苦同吃，一輩子也不會離開他。

她敲了敲伍昆的門，沒有人答。她不相信伍昆會這麼早就出門。她又重重地敲了幾下，一位穿白制服的墨西哥女工推著洗刷車過來了，她用口音很重的英文說：「707 號客人昨晚就退房搬走了。」說完她打開房門推車進去打掃，還回頭向芳芳歉意地點了點頭⋯。

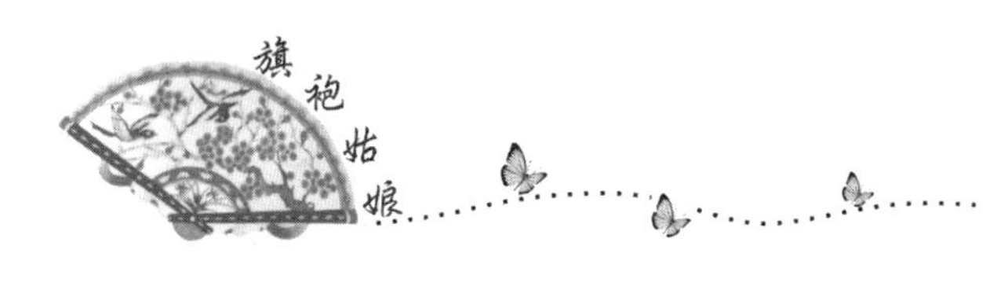

找新居

張美珍自從嫁給譚醫生後，天天要丈夫高升從小台北搬到聖馬里諾。

「你是醫生，」她說：「要住在高級地區才算成功。」

譚喬治是 ABC(American Born Chinese)，外黃內白，標準香蕉，但還有些中國人的傳統觀念，認爲三十多歲欠一屁股債會使他緊張，他每天開刀已夠緊張的了。

他也不肯買賓士汽車，認爲林肯牌已夠豪華，而且是美國貨，他說美國人應當多買美國貨。美珍說：「那關我屁事，我是中國人。」

他們結婚九年了，女兒愛麗絲八歲，兒子湯姆七歲，都是十足的美國孩子，穿的是刺眼的大汗衫和褲檔落地的大燈籠褲。有一次愛麗絲還要買帶洞的牛仔褲，但美珍堅決不肯，爭吵時還是喬治來調解，說褲子不能有洞，但鼻子可以打個洞來戴個鼻環，他是醫生，可以替她打，保證不痛。女兒想了想，決定什麼洞都不要，這才解決了母女的糾紛。

每天早上，大家都忙。美珍不斷地有電話，兒女在餐桌上狼吞虎嚥，譚醫生提著皮包匆匆下

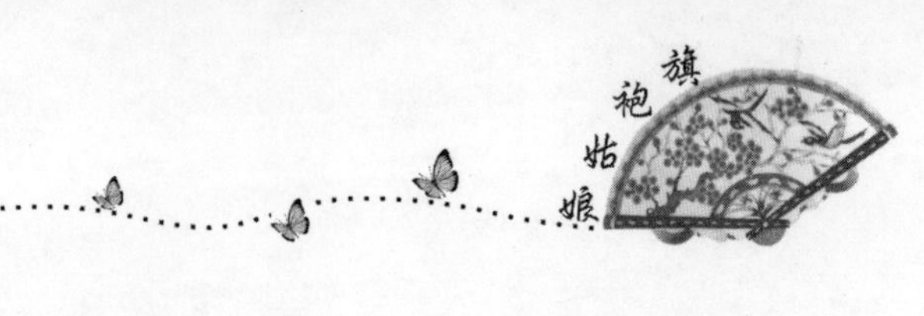

樓，端起咖啡喝一口，說聲「Bye -bye!」就一溜煙地開車走了。這天，他出門時，美珍把丈夫叫住。「喬治，」她說：「今天我要你早點回來，陪我去看房子。」

他已經陪她去看過房子，今天他說要替病人割肺癌，病情嚴重，不能分身。「以後妳一人去看，」他說：「妳先看中了我再去看。」

「你對搬家總不感興趣，你是醫生，住在這裡太寒酸了！」

「我每天都在忙呀，」譚醫生說：「不忙那裡來錢買新房子呢？好吧，妳去找個房地產經紀人帶妳去看房子，不要天天看廣告，自己去亂跑！」

美珍天天忙，參加各種活動也都是爲丈夫，想增加丈夫的知名度。她一想，找個經紀人去跑腿是必要的。經朋友介紹，她找到了一個談話快、走路快的李貝蒂。這位經紀人給她的第一個印象是「熱鍋上的螞蟻」，她開始有些戒心，後來一想，辦事就要這樣的人，肚皮餓，幹勁大。

今天的約會又是排得滿滿的，早餐時她問兒女說：「今天要同李貝蒂去看房子，不能帶你們去吃館子。」

「誰是李貝蒂？」愛麗絲問。

「是我們的新房經紀人。」

「我們有房子，幹嘛還要買房子？」湯姆問。

「我們要住更好的房子，人要有進取心！」她常常和兒女談野心和進取。

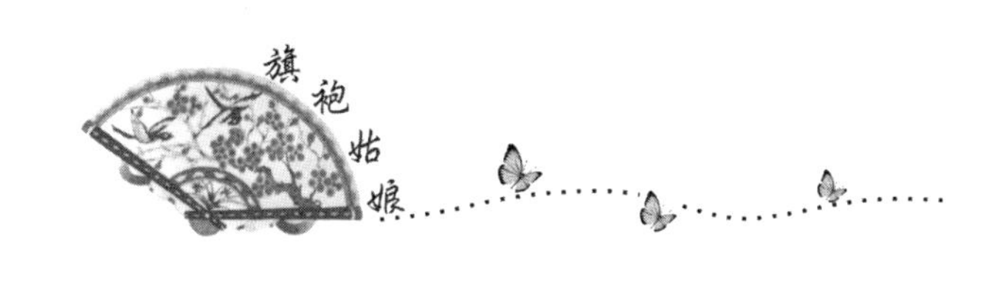

外面的汽車喇叭響了，接送上學的車子到了，女兒雞蛋也沒有吃完，提著書包便往外跑，兒子嘴也不擦，「Bye bye」也不說就跟著走了。美珍望著門，搖頭嘆了一口氣，懷疑她的家教，他們一個字也沒有聽進去。

早飯後她照例要在沙發上打電話。她先給劉子賓太太撥了一個電話。「今晚瑪莉・約翰遜家的Slumber party妳的女兒去嗎？」她問：「那好，能不能帶我的兩個孩子去…？那太好了…我晚上忙，要到醫院去Volunteer。」

劉太太的英文不靈光，最近才知道Slumber party是美國一個習慣，孩子被邀在同學家去「共眠」。今天她又要解釋Volunteer是義工多費口舌，把三分鐘的電話拉長了一倍，使她焦急。她認爲劉太太的福氣太好，住的是百萬元大廈，有兩個傭人，老公做了山谷大道兩個商場的大老板，但她還帶些土氣，天天打麻將，也不減肥，美珍爲她可惜。

美珍打完電話正要換衣去參加吳邁克的競選蒙市議員的午餐。門鈴響了，門一開，一陣桂花香撲了過來。李貝蒂進門也不握手，笑著臉往室內衝。「好消息，」她說：「我給妳找到了一所房子，在聖馬里諾，妳一定會喜歡！」

美珍馬上興奮起來。「有多大？」她問。

「六房兩廳，另有游泳池，健身房，一共四千五百平方呎。」

「多少錢？」

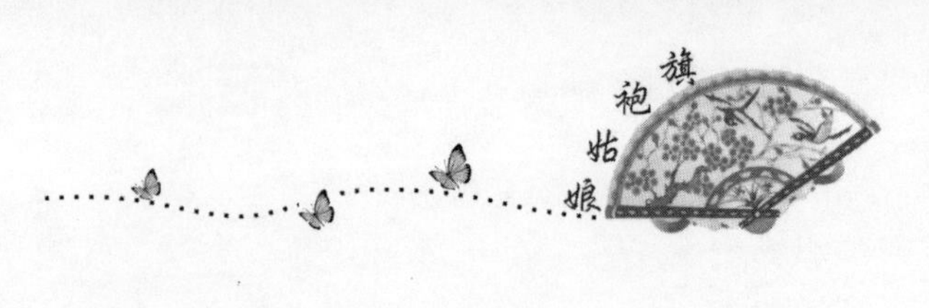

「原價一百八十萬，現在市場不景氣，減到了九十萬。眞便宜！我馬上帶妳去看！」

「這麼貴我不能作主，妳先帶譚醫生去看看。」

「妳的老公總是忙，每次帶他去看房子都是走馬觀花，急著要回診所。妳現在忙不忙？」

「我馬上要出門，下午還要帶愛麗絲去看病，晚上要開理事會。」

「妳不是董事就是理事！」

「交際嘛，都是爲老公呀！」她笑了笑。

貝蒂把一大本照片打開：「妳看看這所房子的背景。這是外貌，不錯吧？」

美珍看了看照片，兩層樓紅瓦頂西班牙式的建築，襯著許多椰樹和松柏，看來不比劉太太的大廈遜色多少。她心愛又仔細地看了一下，想表示非常喜歡，但又怕貝蒂不替她盡力去要價還價，她假裝冷冷地說：「還可以，就是太貴！」

「妳先去看看吧！」貝蒂說。

美珍給老公撥了個電話，診所說譚醫生在醫院開刀。她留了話，嘆了一口氣向貝蒂說：「我留了話，妳聽見了。他開完刀就會給妳打電話。他要不打妳就給他打，務必拉他今天去看。」

美珍天天說時間不夠用。總是手忙腳亂，希望有一天她會有個私人秘書。譚喬治剛看完報，搖了搖頭，向她說，據他所知，做主婦的只有總統夫人才有私人秘書。他們不常吵架，凡有事爭論時

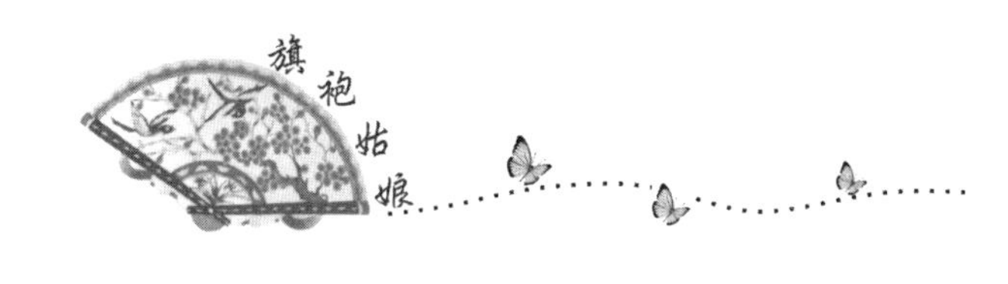

譚醫生常常用半開玩笑的口吻來對付。她也常常氣老公對家事不認眞。今天她有一肚子怨氣，不耐煩地說：「你總是把我當小孩一樣，哄哄騙騙。」

譚喬治見她紅了臉，不想多談，在她的臉上親了一下，提起皮包就向外走。一到門口美珍就把他叫住：「喬治！」

他停步轉過來，順著她說：「妳說得對，去請個私人秘書，條件是，不能請小白臉男秘書。」

「我不要私人秘書！我一天忙到晚，你一點也不關心！」

喬治走回到她身旁，拿著她的雙手。「親愛的，我是外科醫生，妳要我怎麼辦？給妳做手術加兩隻手？」

她一氣把兩隻手收回，眼淚從眼角裡流下來。

譚醫生收了他的笑臉，嚴肅地說：「美珍，我愛妳，妳要我做什麼，我去做，妳說！」

「我要你認眞去看房子。李貝蒂說看房子你總是不熱心，使我失望！」

房子找了三個月，美珍看上的房子太貴，丈夫要買的房子又太小。原來九十萬的房子由李貝蒂去交涉，經過不斷的談判，結果八十五萬成交了。

美珍決定在聖誕節前一天搬家，新房子的大廳非常高，兒女要求買一株十五呎的聖誕樹，美珍乾脆買了一株十八呎的大樹。找了一個帶四個八字的新電話號碼，又特別給老公買了一個八仙椅，她相信八是吉祥的象徵。她爲了打點新屋忙得早出晚歸，天天興奮得嘆氣，高興得喊累，笑著說醫生太太不好做。

聖誕節快到了，老公難得在家吃一頓飯。今夜，美珍宣佈開家庭會議，提議聖誕節前三天大家去裝飾新居的聖誕樹，爸爸掛五色玻璃球，愛麗絲掛銀絲，湯姆裝安琪兒，她自己來噴雪花。她說得興高采烈，喬治不動聲色，等大家宣佈希望聖誕老人帶些什麼禮物時，他忽然說：「美珍，我有些事和妳商量，先讓孩子上樓去。」

「愛麗絲、湯姆。」美珍笑著說：「爸爸有秘密同我談，大概他有更好的計劃來慶祝今年的聖誕節。」

「我知道！」湯姆興奮地叫：「爸爸要帶我們去迪斯尼樂園！」

美珍說：「上樓去，上樓去！有好消息，明天告訴你們。」

兩個孩子嘻嘻哈哈地上樓之後，譚醫生咳了一聲，好像有話不好啓口。

「喬治，」美珍說：「我們是民主家庭，有事大家商量，什麼事，儘管說。」

喬治吞了一下口水，有些爲難地說：「今晚我不能在家裡睡覺。」

「什麼？是不是又要半夜開刀？」

「不是。我要離婚。」

美珍目瞪口呆地望著他：「你說什麼…？」

「我愛上了別人，我請求離婚。妳要什麼，我們可以商量⋯⋯。」

美珍的臉色忽然變得慘白，半天啞口無言，她努力壓制自己，帶怒地低聲問：「你發瘋了？還是喝醉了酒？」

「美珍，我愛上了李貝蒂。我把新房子給妳，妳應當滿意了！」

美珍渾身發抖，緊握著拳頭，咬牙切齒地問：

「喬治，是不是那個騷貨把你迷死了？」

「我們在一起看了三個月的房子，發生了感情。」

「你要爲她把家庭拋棄？你怎麼這樣糊塗呀？」

「我已經想了好幾天，現在我作了最後的決定，請妳給我自由，妳要什麼條件我都接受⋯⋯。」

「你不要你的孩子嗎？」

「孩子我們分著帶，每人六個月⋯⋯。」

「沒那麼容易！這眞是你的最後決定嗎？」

「是！」譚醫生斬釘截鐵地說。

「那我去找律師，看誰有理，看誰帶孩子！」

「美珍，不要那麼厲害⋯⋯。」

「你說我厲害？」美珍尖叫：「你沒良心！十幾年來我爲你的事業，爲了這個家，犧牲這麼大，難道你一點感覺都沒有?家也不要，跟一個爛貨私通…。」

喬治站了起來，面紅耳赤，但他不願高聲吵鬧，他低聲地說：「我很抱歉。」

「你很抱歉！好！那你今晚就搬出去！」

說完她急急地上樓。她從來沒有想到丈夫會同李貝蒂發生感情，墜入情海。她在臥房中聽見丈夫的汽車開走時，把頭埋在枕頭裡，全身顫動地痛哭起來。她到現在才發覺李貝蒂比她年輕，比她漂亮，可能比她更會做愛…。

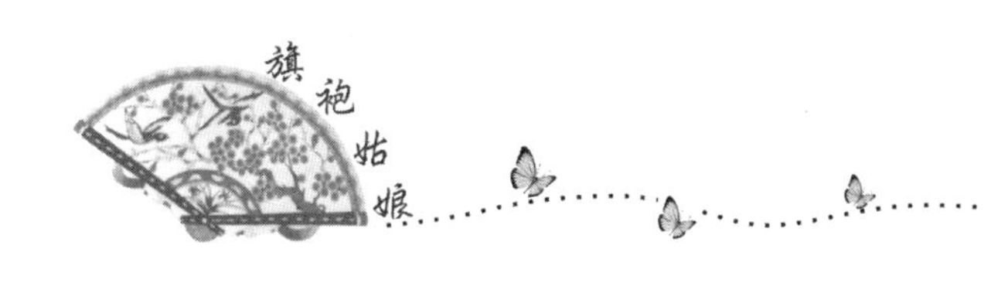

有酬必報

孫麗達覺得很幸運，不到二十三歲就找到了眞愛，她的女朋友都羨慕她，說她得天獨厚，不但找到了白馬王子，而且能出國深造，加上能唱能跳，金嗓子還迷倒了許多男人，一塘裡的魚，隨她挑，一到美國她就挑到了唐托尼。

托尼高頭大馬，二十八歲，在小台北一家旅館當副經理，其實就是長工，修理水管，裝電燈，替單身住客打雜，不但小費不錯，有的還擠擠眼，示意其他興趣。但托尼忠心於麗達，不打野食，這使麗達淡淡的柔情變成了烈烈的愛火，燒得愈來愈熱。他們在加州州立大學洛杉磯分校附近租了一間小公寓，秘密同居。

托尼打工的旅館也離學校很近，老板邱大欣除旅館外，還有其他財產，他看托尼很聰明，手藝多，做事快，所以給他掛了個「副經理」的名。邱老板的妹妹，繼承了一些台灣的遺產，獨自住在鑽石崗的一座豪華大廈，十分寂寞，常常要哥哥拉線，促成好事。

邱老板胸有成竹，一心要開展事業，把托尼看成將來的生意夥伴，如能做親戚更好，那是紅

利。妹妹的月餅臉、粗絲條，使他最擔心。

麗達也交了些男女朋友。後來認識了一位老畫家，替他打掃做飯，還可以學畫。何畫家年近七十，想進攻國際市場，終日創作，樂得有人燒飯做菜，麗達的紅燒排骨和魚頭豆腐是老畫家最愛的主菜，每餐飲杯甜酒，有時聽聽麗達唱個歌兒，其樂無窮，如果股票投資運氣好，他答應增加她的薪金，從二百元到四百五。麗達笑說不去數沒有生出來的蛋，何畫家每天學英文，翻字典。麗達一進門就聽見他在室內叫：「How do you do, my darling?」

何畫家的英文教員是他的學畫學生，一位青年老美。何先生把俚語街頭話糊里糊塗地學會了許多，常常鼓勵麗達同他說英文，彼此練習，何老高談闊論時，美國流行的一個髒字「shit」常常脫口而出，麗達不得不告訴何老先生這個字不能登大雅之堂。

何老先生十分感激，第二天他辭掉這位英文教員時，還把髒字用了一次，作爲回饋：

「Goodbye,Shit!」

何畫家把麗達當成女兒一樣，凡事都要問她，以免再出洋相。麗達對他也極尊重，並爲老先生擔憂，半年以來他的山水和西畫一張也沒有賣出去。

有一天，唐托尼吃早飯時，又笑又皺眉地說：「麗達，妳天天替那個老頭子打工，每月拿兩百元，連一半的房錢都不夠，要是他不是糟老頭，我還會懷疑你們有什麼雲雨關係…。」

他邊吃邊說時，麗達張大了眼瞪著他，假裝吃驚地問：「你吃醋是不是？」

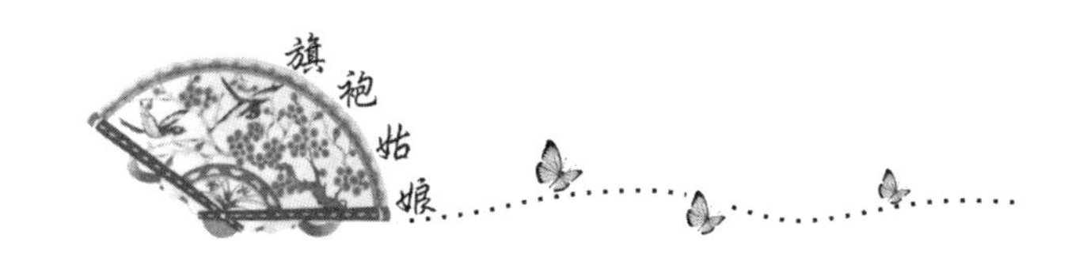

托尼聳了聳肩。

「托尼，」她接著說：「今天你不像我的白馬王子，好像搖身一變，變成了一個不文明、粗聲粗氣的苦力，吃東西不斯文，食物從嘴巴裡往下掉，好惡心呀！」

托尼停止吃喝，檢查了一下自己。「妳眞會開玩笑，」他搖頭嘆氣地說：「我連嗝都沒有打過！」麗達把托尼的臉揑了一下：「托尼，打罵是愛你呀！你這個都不懂？你吃醋我高興，我以爲你什麼都不關心！」

他們的關係一直是這樣輕鬆，往往吵嘴就是打情罵俏，結果總是托尼把她拉上床，翻滾一陣之後，笑聲變成了哼叫，使隔壁的同學老王羨慕不已，第二天見到他們就搖頭：「天天搞，不怕短命？」

聖誕節快來了，一天晚上托尼又提起錢的困難。他這次說話的態度十分嚴肅：「麗達，在美國賺錢不難，妳替一個老頭白幹活，爲啥？」

「兩百塊一個月，」麗達說：「還不要錢學畫，你說是白幹？」

托尼從口袋拿出一張賬單交給她。「這是半年來的賬，維持這個家，我比妳用的錢要多兩倍！」

她一看他的眼色，心裡涼了一半，他的聲音也變得冷酷，好像一陣寒風吹了過來，使她不禁打了一個寒顫。她沒有看賬單，幾乎要哭地問：「你要我幹什麼？」

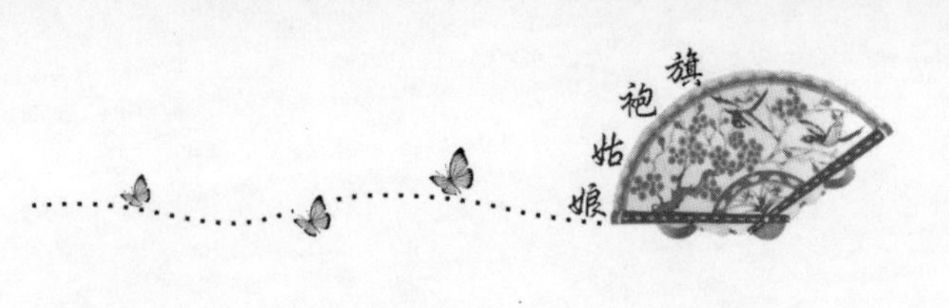

「我們要賺錢，要投資，我要妳去賺錢！」

「你天天談賭錢，那是什麼投資？」

「買股票，買期票，發財的人很多！」

「破產的人更多！」她氣衝衝地說。

他一言不發，拿起夾克就向外走。她望著他砰然關門，聽著他的汽車嗚嗚開走，好像那輛破汽車也在爲他生氣。她鎭靜了一刻，忽然覺得十分寂寞、難過，小小的客廳變成了冰庫⋯。

托尼到半夜才回家，她等了三小時，早已把晚飯裝盒放入了冰箱，自己一口也沒有吃。她想念他，但又不能投降表示，只好冷冷地問一聲：「要不要吃飯？」

「吃過了。」他寬衣、洗澡，回到小客廳就打開電視機，一句話沒有說。

她心軟起來了，坐在他身旁，輕輕地說：「好，我去賺錢，明天我去看報找事！」

他轉過身來，在她臉上吻了一下。「事我已替妳找到了。」他從口袋中取出一個英文小廣告：

「妳去應徵，以妳的身段，大概可以及格。」

她一看廣告，馬上心又涼了一大截：「你要我去跳裸體舞？」

「每晚可以拿三百元，還是半工。麗達，在美國要有進取精神，大家都在賽跑。如果一年內我們存到一筆本錢，我們⋯。」

他還沒有說完，她跳起來，衝入了臥室，躺在床上哭笑不得。不一會托尼進來了，躺在她身

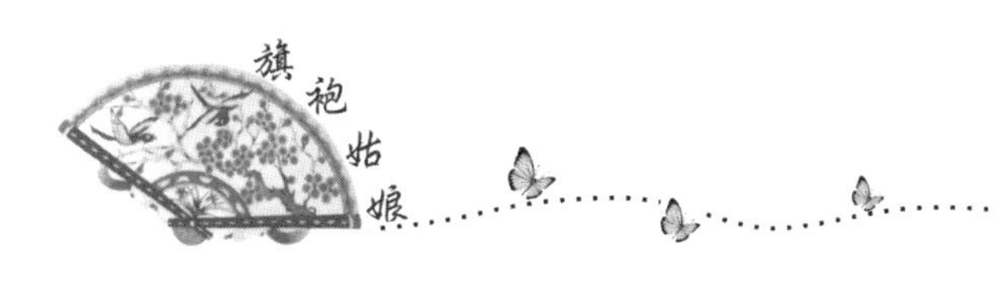

旁，輕輕地摟著她說：「親愛的，我是爲我們的前途想，妳不同意，我一樣會愛妳……。」

在黑貓夜總會裡，麗達的名字是：「中國黑貓」。她臉上戴個貓面具，一對酒杯大的銀色圓紙圈蓋住了她的乳頭，腰上的一條黑色繩子，結著一個銀色的心，把她的陰部緊緊蓋住。她隨著震耳的音樂前後左右地搖著下身，兩臂不斷地上下飛舞。不到一星期：「中國黑貓」成了主角，出場時觀眾的叫喚聲最大，向她投鈔票的人也最多，有時還有十元和二十元的鈔票，但賞錢的人要親手交錢，以示慷慨，以求歡心，有時鈔票裡還藏有電話號碼。

跳完舞燈光大白，她拾起滿台的鈔票，笑著連連拋吻，退到化妝室時金黃頭髮的女老板已滿臉笑容地在等候，摟著她在臉上連連親吻。她說散工的時候她已爲她特別僱了保鏢，護送她上車，因爲她是黑貓夜總會的搖錢樹。女老板的英文還帶著很重的口音，但十分親熱。其他舞女，白人、黑人、拉丁人，都很親善，但各有一本難唸的經，有人被強姦過，一出大門就黑影幢幢，刺青長髮的男人追隨左右，即便有保安人員也防不勝防。

在黑黑的夜總會裡，麗達覺得親切，有安全感，散工時就有一種緊張和受威脅的感覺，但每晚回家，托尼備好了宵夜，邊吃邊數錢記賬，數目每天增加，從三百多元漲到五百元。爲免交入息稅，他們把錢藏在一個鞋盒子裡。

第一個鞋盒子快裝滿的時候，托尼說他們已積蓄了兩萬多元，是投資的時候了。一談投資，歡笑聲漸漸消失。托尼說錢不多不少，不能做買賣。他又舊事重提，這是過渡時朗，錢不能在床底下

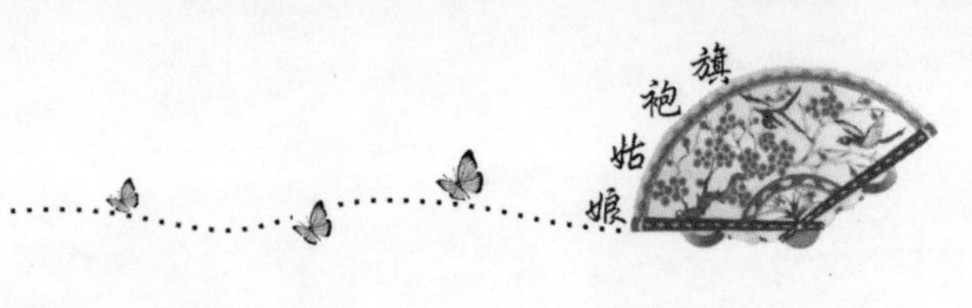

生銹，最好是買期票，短期內可以一本萬利，四番五番地漲，漲到二十五萬元時就可以買餐館、開車房…，但一談買期票，麗達就有氣，她的好友張太太就因爲期票傾家蕩產，直到破產爲止，因投資兩人開始爭吵。

「好，」托尼說：「我們來買股票，股票發財慢，但很安全。」

「什麼安全？何畫家帶了十萬美金到美國，不到兩年買股票就虧了一大半！」

他們爲投資爭爭吵吵了大半月，第二個鞋盒子快裝滿鈔票時，托尼忍不住又問：「妳到底把我們的錢要幹啥？寄回中國？」

「買房子，」她說：「我是女人，頭上沒屋頂我沒安全感。」

「先發財！天經地義！發了財還愁沒有房子！」

「你有你的發財法，我有我的發財法，你做你的，我做我的，我們現在就分賬！」

那天他們大吵一場，結果是托尼道歉，麗達在床上哭了一陣。次日星期天，麗達兩眼紅腫，翻身下床時，托尼已經不見了。枕上留了個條子，他說：「麗達，對不起，我們還是各奔前程吧！」

她馬上到床下看鞋盒，兩只鞋盒都不見了。

經過三天的打聽，麗達知道托尼已經搬進邱老板妹妹的家裡去了。她把自己關在家裡三日不出門、不吃飯、不聽電話，躺在床上望著天花板，讓碎裂了的心折磨她。眼淚也哭乾了，她不斷地喝可口可樂，想讓汽水來洗刷她的痛苦。

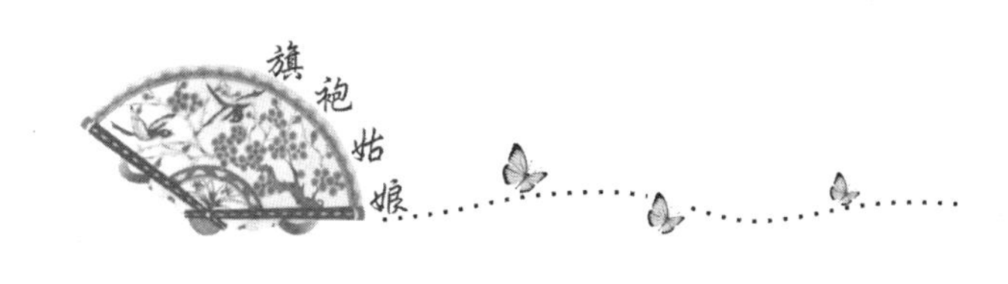

第四天她回到何畫家家裡時，何畫家幾乎不認識她了，睜著大眼問：「天呀，妳怎麼了？電話沒人接，變得這樣憔悴，是不是病了？」

「是，」她不願多說：「怕打攪人，所以沒有告訴人。」

何畫家很生氣，他說人在美國要互相照顧，尤其在窮和病的時候。他忙著替她燒人參湯：「你瘦得這樣，要不要先吃碗雞腳湯？」

老畫家給她倒了一大碗湯，她忽然開胃了，吃得津津有味。畫家又從冰箱裡拿出兩塊麵包和一些牛油，她幾乎狼吞虎嚥地把它們吃了。何老先生望著她，心痛又懷疑，一位活潑極有生氣的少女變得這樣狼狽，他想問但又住了口。年輕女人的事還是少干涉。

麗達照常來上工，想替何老先生做飯打掃。但她發現冰箱裡常常空空如也，只有些麵包和一小包牛油。有時何畫家燒一大鍋雞腳，一吃就是好幾天。

有一天何畫家說：「我出不起妳的工錢了，妳還是去打打工吧。」

她沒有告訴畫家她當過脫衣舞女，如果要去打工，她還是到餐廳去當招待。錢遠不如當舞女好，但她決心再不進黑貓夜總會的門，一想起脫衣舞就使她心痛。

她很容易地在一家中國餐廳找到了工作，但她還是到何畫家家裡去打掃，並帶些餐館的剩飯剩菜，何畫家也不客氣，樂得吃些中國東西。近來除麵包外，他還一連吃了幾頓洋山芋，還說牛油拌洋山芋又好吃又有營養。他要麗達給他一張照片，他想到 Santa Monica 海邊替人畫像，他要試畫一

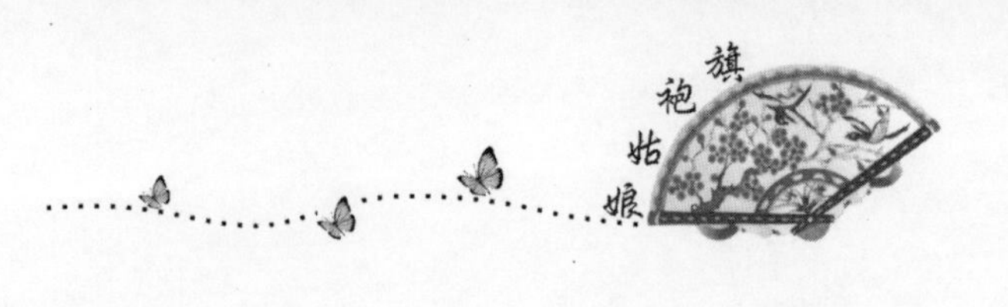

幅，看能不能賣。

何老先生費了兩小時才把麗達的像畫好，麗達不願傷老先生的心，只好讚美。

「不太像，」何畫家說：「但我只會畫山水，畫人物還要練習，而且我長於工筆，畫得慢，妳看值不值五元美金？」

麗達知道海邊替人畫像的人很多，都畫得快，五元一張可以謀生，她不知道怎樣答，只好鼓勵他去試試。

何畫家天天提著畫冊，一張小帆布椅子、一瓶水，到海濱去謀生，第一星期只畫了兩張，他那天回來紅著眼說：「最後那位買畫的人，交了五元，走出幾步就把畫扔到垃圾桶裡去了。」

麗達聽了眼也紅了，不知怎樣去安慰他。

「有一個人天天打電話在找妳，」何畫家說：「妳要不要見他？」

「是誰？」

「他說他是妳的老朋友，叫唐托尼。」

麗達的心驚跳了一下，接著一陣陣的痛使她坐了下來，臉色變得灰白，她努力壓住了怒火，說不出話來，何老先生善於察言觀色：「放心！」他聲音深重地說：「下次他來電話，我會告訴他妳不在，要他不要再打！」

何畫家到了貧病交加的時候，他海濱也不能去了。麗達以互相關照為由，仍舊每日來看

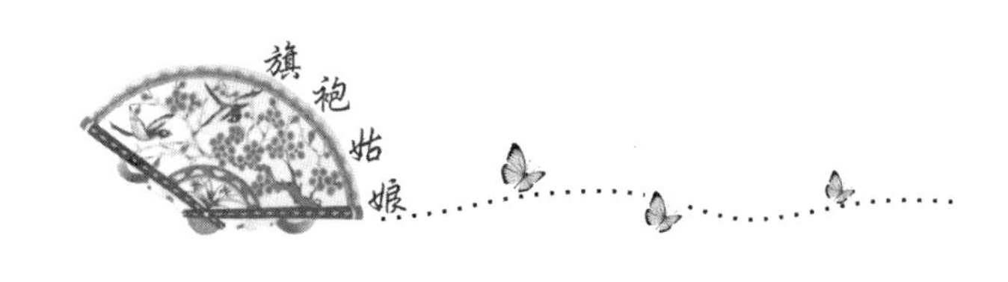

他，給他煮飯餵藥打掃。有一天他問她在餐館打工每月可賺多少錢，她說連小費可拿到兩千元。

「妳付多少房錢？」他問。

「七百五十元。」

「加上你汽車的開銷，沒錢存銀行了吧！」

「不要爲我發愁，我不會餓死！」她帶笑很輕鬆地說。

「我有個建議，」何老先生說：「不如到人家去做管家。我替妳留了一個廣告。管住管吃，每月還有薪金一千元。」

麗達看了廣告有些猶豫不決，但何老先生堅持她去應徵：「住在人家家裡什麼錢都不要用，一千元都可以存銀行，青黃不接的時候我還可以向妳借幾文。」

麗達想了三天，決定不去做管家婆，除做飯外還要帶小孩，在餐館打工有吃有喝，小費也不錯。

何老先生說那位姓唐的還是不斷來電話要找她，他都一一拒絕傳話，不過，他想她也不妨去談談，看到底有什麼事。「不談不談，」麗達堅定地說：「沒事可談。」

有一天，何畫家又給了她一個廣告，殷實華人徵求管家，做飯之外，每周打掃一次，有家的可以住家，無車的有車可用，六天工作，每月一千五百元，應徵的男女一樣歡迎。

「這個機會妳不要錯過，」何畫家說：「趕快去應徵！」

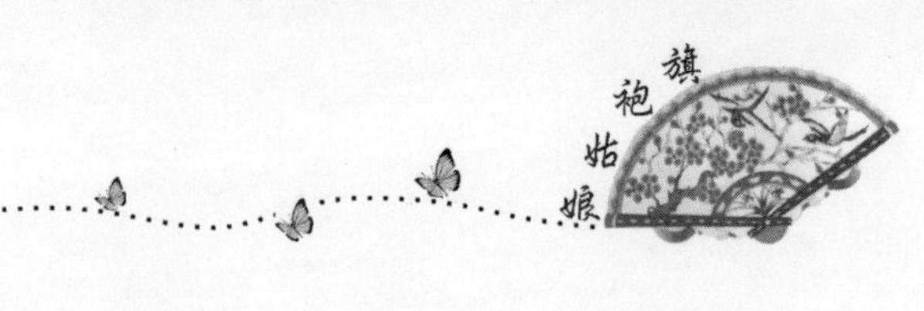

麗達開到了小台北的一座豪華大屋，開門的是一位西裝筆挺有絡腮鬍的中年人，戴著眼鏡，好像一位教授或科學家，他笑著請她入屋。她進門一聽他的聲音就知道他是唐托尼，她馬上轉身要走，他把她拉住。「麗達，」他幾乎哀求地說：「我有話同妳解釋，請妳進來談談，給我十分鐘，行不行？」

她進了豪屋的大廳，裝飾完全西化。托尼請她坐在深深的皮沙發上，給她倒了飲料。她想這一定是他情人的家。

「我知道妳在想什麼，」托尼說：「先解釋一下再談別的。」

他說邱老板要同他合作開一間「萬能公司」，專替人修理水管、電絲。現在小台北已經擴大到整個的聖加布里埃爾山谷，華人將近五十萬，還在天天增加。這筆生意是個金礦。邱老板要他投資三萬，馬上廣作宣傳，招兵買馬，訓練工人，買五輛工作汽車，計算年收入可達一百萬，除開銷外，可實得五十萬。邱老板的條件是，他必須同他的妹妹結婚，因爲這種企業，必要一家人來做。

「現在年入一百五十萬，」托尼接著說：「大部分資本是妳的，所以妳應當是老板之一。」

「邱老板呢？」麗達聽到這樣的成功，心軟下來了：「他會不會同意？」

「我把他的股份完全收買過來了！」

「他的妹妹呢？」

「離婚了。麗達。我同她結婚沒有愛，完全是生意經。換句話說，犧牲色相，就同妳跳裸體舞一樣。」

她想了想，二者實在沒有什麼區別。

「還有，」托尼接著說：「沒有何畫家，妳也不會來。」

原來登廣告請管家的事都是何畫家的主意。「他看我可憐，才這樣做。」

一聲不響，麗達拿起電話撥了一個號碼「何老，」她命令式地說：「不準再吃洋山芋了。我同托尼來看你，給你做紅燒排骨和魚頭豆腐！」

托尼完全西化了，重重地在她的臉上親了一下，說：「告訴他，我們是有酬必報！」

老將軍的秘密

楊老將軍過了八十大壽，身體健康，但近來有些健忘，遇見朋友常把名字搞錯，有時看見孫子認不出是誰。長女楊秀珍有些著慌，帶他到小台北請著名西醫戴林去診斷，果然，楊老將軍開始有老人癡呆症。因她不肯傷老父的心，避免用中文的病名，只說他得了前美國大總統雷根一樣的病。楊老將軍聽了很高興，豎著大姆指驕傲地說：「我得了美國大總統的病？行！」

楊老將軍有一兒一女，秀珍嫁了三藩市的一位洋法官，小孩完全西化。兒子國興是電子工程師，在橙縣自組公司，十分成功。他也娶了洋太太，楊老將軍因言語不通，孫輩他都不認識，除聖誕節團聚外，和洋親戚很少來往，但秀珍和國興輪流探視父親，每月一次，他們還介紹父親到附近老人中心去看中文書報和跳舞。女兒還特別關照了一些親友，請他們去陪陪老將軍，吃飯跳舞的錢由她付。

老將軍發現了跳舞的樂趣，每周三次，每次必到。最近秀珍常接到小姐太太的電話，說老將軍跳舞不規矩，常常摸人的大腿。她爲此事特別到小台北來過一趟，一面向人道歉，一面告誡父親，

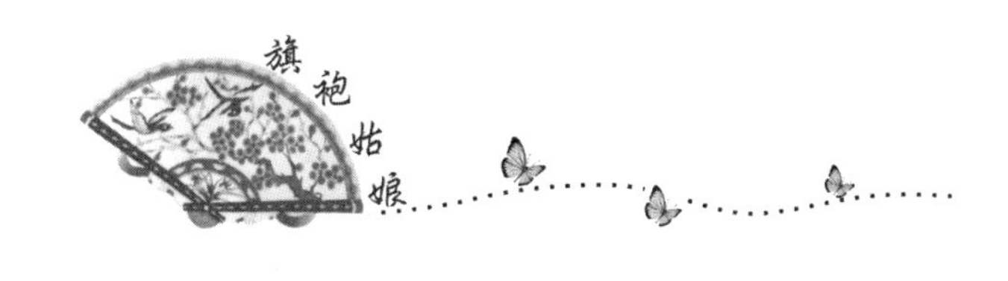

跳舞沒有摸大腿的規矩。

楊老將軍不記得有摸腿的事，但他是行伍出身，在中國當兵時可能摸過女人的大腿，舊病復發，也有可能。

「母親在世您沒有這個毛病呀！」秀珍說。

「她在世，我怎麼敢？」

「爸爸，以後不能摸人的大腿了！」

「以後不摸，行！」

老將軍還說，自從開始跳舞以來，能吃能睡，什麼病都沒有，至於美國大總統雷根的病，他不在乎，反正不癢不痛，有啥關係？

「爸爸，」秀珍高興地說：「我同弟弟都希望您能活一百歲！」

兩個月後，秀珍接到一個姓邱的律師的電話，說一位方小姐要告楊老將軍，罪名是「性騷擾」。秀珍馬上飛到洛杉磯，調查究竟。楊老將軍說他的舞技沒有進步，但因要維持跳舞的興趣，有時不免摸摸舞伴，就算「寡人有疾」，無傷大雅，要女兒不要大驚小怪。

秀珍又去找了邱律師，想在法庭外解決方小姐要告狀的事。邱律師說：「方小組是高等社會的移民，曾多次警告過你父親，不能把她當妓女看待。可是幾次警告無效，老先生還是寫信打電話，要求吃飯跳舞，而且動手動腳。這對方小姐有精神上的巨大打擊，她失去食慾，常做惡夢……。」

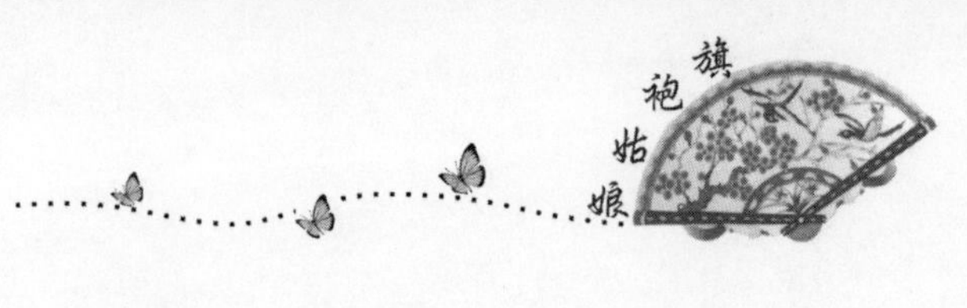

秀珍是法官太太，懂得律師的一套開場白，馬上開了一張支票，用英文說：「兩千五百元請她去多吃對胃口的食物；兩千五百元作她惡夢的安慰，Okay?」

邱律師做了一個鬼臉，好像五千元是杯裡的一滴水，他不知道要幾桶水才能熄滅這場可以燎原的火。

秀珍笑了笑，語帶威脅地說，她是加州一位高等法官的夫人，到處都有律師朋友；他的弟弟是加州州長的朋友，也參加過白宮的宴會，有照片爲證。如果方小姐和邱律師要打官司，請便！邱律師打了一個寒噤，答應替方小姐收六千元了事。

老將軍知道女兒花了六千元替他解決了那件性騷擾的事，心裡十分難過。「爸爸，」女兒說：「還有件事你也不聽話。你一生喜歡吃扣肉，我們勸你不要吃，你每兩天還要去吃一次……。」

「不吃不吃，行！」楊老將軍說：「妳怎麼知道我每兩天去吃一次？」

「順和餐館老板說的。爸爸，扣肉對老年人的心臟不好，吃多了會中風呀！」

「秀珍，我打了一輩子的仗，出生入死，到老了什麼都不許做，活著有啥意思？」

「爸爸，你讀書、看報、跳舞，已夠忙了，其餘的時間您要多養神休息。我同弟弟以後常來陪陪您，您要聽話呀！」

「妳花了六千元，我心痛。好，以後聽話，行！」

秀珍和弟弟輪流來看他，每周一次，半年以後減到一月一次。果然，楊老將軍的日子過得十分

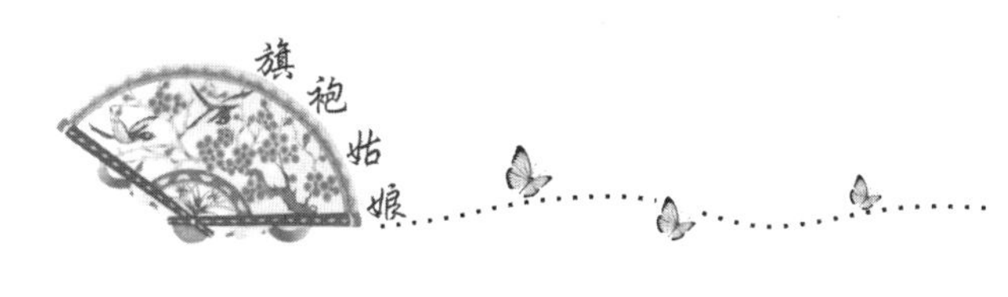

安祥，而且紅光滿面，老年癡呆症也沒有變惡，有時還記得說幾句英文，和孫兒孫女似懂非懂地交談，每次見到他們時他就豎著大姆指吹牛說：「我同雷根大總統有一樣的病，知道嗎？」

秀珍和她的弟弟正要給父親做八十五歲大壽的那一月，楊老將軍突然得心臟病過世了。秀珍和弟弟趕來醫院時，父親已冰藏了大半夜。二人紅腫著眼和簽死亡證的老外醫生見了面，醫生安慰他們說：「你們父親死得快，幾乎沒有痛苦，而且臨終還有人握手安慰，使他舒服。你們知道嗎？你們父親死時還面帶微笑！眞有福氣呀！」

秀珍想知道和父親拉手的是誰，醫生只知道是一位四十來歲的中國婦人，名叫琳達。楊老先生是琳達叫救護車把他送醫院的，不幸不到半小時病人就一命嗚呼了。

以後幾日，秀珍和國興忙著給父親辦理後事，時時刻刻也在想著那位叫琳達的婦人，東問西問也找不出她到底是誰。最後國華建議在所有的華文報上登一個廣告來感謝她。

一天廣告還沒有登出，忽然有人按門鈴。秀珍和弟弟正在收拾父親的遺物，因爲觸景傷心，秀珍擦著眼淚去開門。來訪的是位中年小姐，介紹自己是方琳達。

國華是電腦專家，反應和電腦一樣快。「妳…妳是不是要告我們父親性騷擾的方小姐？」

「是，」方小姐說：「今天我來是要把兩個文件交給你們。」

秀珍把文件收下。一件是老將軍和方琳達的結婚證書，一件是他們婚前的合約。合約上說將軍死後方琳達無權繼承遺產，但在她沒有拿到美國居留證之前，她還是老將軍的太太。

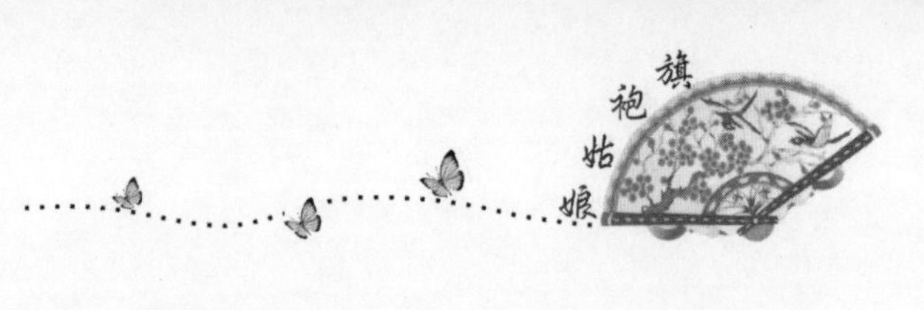

「居留證拿到了，」方小姐說：「現在我和你們父親的合約圓滿結束了。」

「方小姐，」秀珍搶著問：「這事我們怎麼一點也不知道？」

「你們父親不要你們知道，這是我們兩個人的秘密。」

「妳不是要告我們父親性騷擾嗎！」國華問：「怎麼又同他好起來了？」

「你父親說他『寡人有疾』，毛病改不掉，他說他每捏我一次，要我罰他五十元。我正需要錢，答應他了。他很節省，捏我的時候愈來愈少。後來我知道他是公民，要求他同我結婚。結婚後他不但不要花錢來捏我，我還可以替他燒飯做菜，直到我拿到身份爲止。幾年以來⋯。」她停了一停，兩顆淚珠在她紅腫的眼裡流了出來，她長嘆一聲接著說：「老頭是個好人⋯。沒想到他會這樣快就走了⋯。」

秀珍忙過去緊緊抱了她一下，然後拿出小手巾給她擦淚。

國華說：「方小姐，我們的父親死時，有妳在，還拉手安慰他，給他帶來了臨終的微笑，我們十分感激。」他開了一張六千元的支票：「這是一點小意思，請妳收下。」

「弟弟，」秀珍說：「我們還要叫她一聲媽媽。就此一次，以免把她叫老了！」

「就這一次，行！」國興學著父親的口氣說。

二人畢恭畢敬同聲地叫了一聲：「媽媽。」

「偷心」專家

自李菲菲移民到美國後，發現賺錢要資本，就是開個婚姻介紹所也要租間辦公室，租金起碼四百五十元。她在泰國時，有大亨替她付租金，在洛杉磯的小台北，出門好像男人都要女人付賬。最近她聽說一位七十九歲的太太，(據說是某軍閥的三姨太)請律師告一位三十八歲的帥哥，想要回三百萬元的「騙款」。老太太說「騙」，帥哥說「借」，李菲菲認爲是「愛火錢」。無論男女被「愛火」燒上了身，就可能變得十分糊塗。

她在舊貨店裡買一只菜碗大的玻璃球，美其名爲水晶命運球，把自己的小客廳收拾得乾乾淨淨，牆上掛了些神像，在一座小神壇上放著不斷燃著的香爐和塑製的貢果，她貢的不是什麼神，是一個貼在金紙上的大紅心。在泰國時她賺了不少的愛火錢，現在她要替人尋找對象，追求眞愛，登了一個廣告，自命爲「偷心專家」，還印了名片。

在美國五年，她交了一些中外男女朋友，一位徐姓小姐，很隨和，做了她的知交。徐琳達，近四十的離婚婦，比她老，比她胖，但頗有姿色，好像十分天眞，把李菲菲看成老師，菲菲也樂得有個好伴，出門有安全感，談天論地時徐琳達總是以欽羨的眼光望著她，不爭不辯，好像字字都是金石銘言。

有一天她們在菲菲家飲茶，琳達問：「菲菲，妳有什麼秘密？偷心我不大懂。」

「追男人不容易，」菲菲說：「不能做得很明顯，也不能太被動，所以要用一種玄妙的功能去偷他的心。」

「要燒香敬神是不是？」

「我不迷信。」

「那妳這些神像…？」

「神像是增加神秘感，」菲菲笑著說：「中國人大多數迷信。我有個風水朋友，在美國發了大財。到玫瑰山莊去看看墳地的風水，就可撈五千塊。」

「我要偷一個人的心，怎麼偷法？」琳達問：「是不是要用那個玻璃球來偷？」

「玻璃球是我的千里眼，」菲菲把她的玻璃球雙手撫摸著：「我是靈媒，天生有心靈力，疑難的事有時可以在球裡看見。」

菲菲說她自己也有個要追求的對象，一位四十歲的台灣商人叫陳喬治，離了婚，有錢又長得帥，有風度又有禮貌，就是像泥鰍一樣，抓不住。說完，她坐在面對牆上掛的大紅心的沙發上，望著紅心深呼吸。

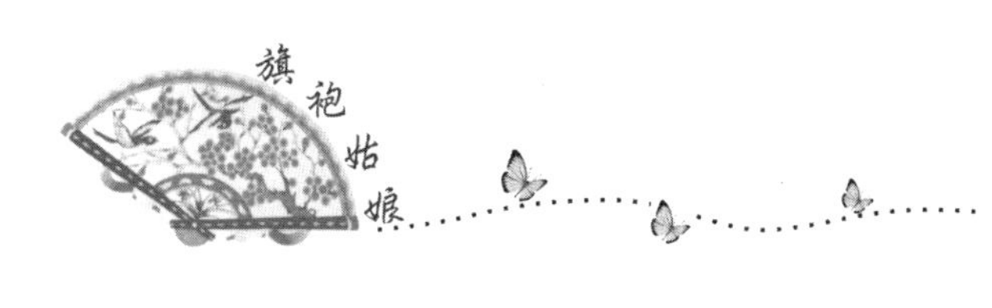

琳達好奇地看著她，約三分鐘，菲菲閉了閉眼，好像如夢初醒，她說：「每天三分鐘，看著紅心想他。」

「這樣就可以偷他的心嗎？」琳達問。

「不夠，還要分析他，了解他。」菲菲又摸著玻璃球說：「我在球裡看見他的人格、他的弱點和好處，要達到知己知彼，百戰百勝的地步。」

她說陳喬治離婚了三年，追他的人一年比一年多，尤其是大陸妹。她一生好勝，愈難到手的東西她愈想要。「當然，」她接著說：「如果沒有性感覺，我根本就不會有興趣。我帶妳去看看他，替我打個分。我打的是一百二十分。以往我給男人的最高分是九十。」

紫禁城夜總會是李菲菲常常出沒的地方，台灣香港的商人常去喝酒跳舞談生意。她同琳達在欣園吃完一頓海鮮，到紫禁城時已經是十時左右，正是熱鬧最高峰的時刻。舞場擠得滿滿的，舞女緊抱著男人，舞步輕鬆，向耳朵裡嬌聲地灌著甜言蜜語，不會跳舞的男人雙手摟著細腰，搖呀搖地享受著溫暖的肉體。

菲菲帶著琳達先在酒吧周旋。在座的客人好像都認識，握手的握手，吻的吻，她也一一把琳達介紹給朋友，大家都一見如故。

「喂，菲菲，」一位中年胖子走來在她臉上親了一下：「要不要跳舞？」他叫 Stephen 王，說話半中半西。

「這種舞我不跳。」菲菲馬上介紹了琳達，還向琳達擠了擠眼，暗示她對來者沒有興趣。

「喂，」Stephen 王說：「妳的黑市算命生意好不好？」

她討厭人說她的職業是黑市算命，但她從不開罪手頭大的顧客：「你有什麼疑難問題要我解決？」

Stephen 王從皮包裡掏出一張照片。「這是我的前妻，替我在她胸上扎幾根魔鬼針。」說完他又從皮夾裡拿出一張百元鈔票，塞在她手上：「這是我給老佛爺的香錢。」

她想把錢退給他，高聲宣佈她沒有什麼魔鬼針，但 Stephen 已經拉著琳達上了舞池。

快到午夜十二點陳喬治才來，菲菲看見他就如魚得水，不耐煩的神情馬上消失。琳達目不轉睛地看著他，他果然又帥又有風度，談笑風生，每說完一句話菲菲都要熱烈反應，不是皺眉就是笑，笑的聲音很高，常常引起旁座的人轉臉相看。琳達從來沒有見過菲菲對男人那樣的愛慕和崇拜。

陳喬治很客氣，有禮貌，和菲菲跳舞最多，別的女人請他跳，他一樣高興。他和琳達跳的時候，也是有說有笑。琳達的印象是他比別的男人文化程度高，舞步也好，回座時他會替女人拉椅子、道謝、敬酒，讚美她的頭髮、香水或服裝，但不誇大，使女人安心接受，舒服。

「怎麼樣？」回程的時候菲菲在車上問：「打多少分？」

「一百二十一分。」琳達笑著說：「比我多一分。妳要不要偷他的心？」

「我怎麼配呀！」菲菲只是笑，知道琳達比她胖，比她老，決不是她的對手。「照妳看，我有

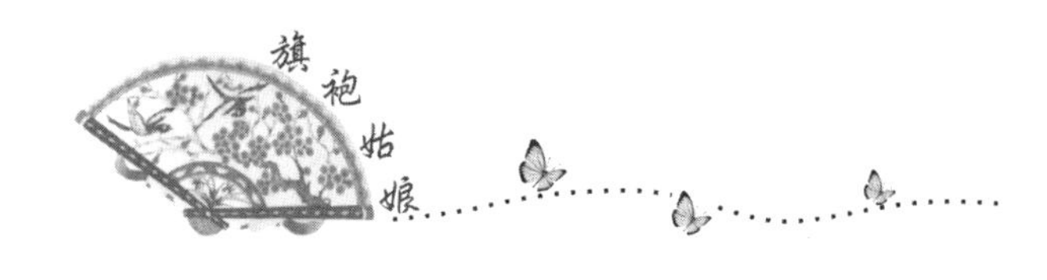

沒有希望？」

「妳還問我？妳是偷心專家呀！」

「老實說，」菲菲長嘆了一聲：「這個心眞不容易偷。我好像參加了奧林匹克的長跑賽，我有把握拿金牌，但那年那月我沒有把握。」

不久，琳達也成了紫禁城的常客，但菲菲有時和陳喬治有私約，每次回家要打電話給琳達，報告經過，好像回味良宵，讓琳達羨慕。

「他昨晚請我在他的公寓吃飯，」她興奮地說：「他還特別介紹了他十五歲的女兒！怎麼樣，有希望吧？」

「介紹兒女當然哪！」琳達笑著答：「等於木已成舟了！」

「我也這麼想，白米已成白飯，但這鍋米蒸得好苦呀！」

「什麼時候發喜帖？」

「那要看他急不急，還要做些工作。」

「增加看紅心的時候，是不是？」

「現在我看紅心每天三次，每次五分鐘。妳找到偷心的對象沒有？要不要我幫忙？」

「比我年青漂亮的小姐太多，要到那裡去找？」

「琳達，過來問問我的水晶球，誰知道？六個月後我們可以來個同婚儀式！」

他們兩人同時結婚的夢做了六個月，菲菲的興致一天一天地接近低潮，紅心和水晶球看來都沒有用，她心煩、掉髮。她和喬治見面愈來愈少，有時他連電話都不回，每次打通電話，喬治總是急急要出門，答應改日面談。提到戀愛結婚他總是支支吾吾，說一次離婚使他心裂，不願再次嘗試⋯。

這些託詞，菲菲都聽過，千篇一律，好像每個女人都能背出來，而且一字不差。

有一天，琳達約她在附近咖啡店見面，她開門見山地說：「菲菲，我有一件事要告訴妳，我同喬治訂婚了！」

菲菲望著她的朋友目瞪口呆，半天說不出話來。琳達馬上安慰她說：「不要緊，我不會嫁他。」

菲菲的臉色已經變得灰白：「妳⋯妳⋯。」

「我怎麼偷到他的心？很簡單，有一天我同他在黃金宮吃飯。我表妹在那裡做帶位，對我們加倍親熱，還屢次叫我老板，吃完飯還不要收錢⋯。」

「妳是不是老板？」菲菲問。

「笑話，我在百貨店做銷貨小姐，妳不知道？冒稱老板是我和表妹事先安排的。她還告訴喬治這個山谷大道的大商場也是我的。過了一星期的熱烈追求，他求婚了。這是他送我的訂婚戒指。現在就送妳吧！」

菲菲把戒指向咖啡杯裡一扔，起身捂著嘴急急地離去，在街上還哇的一聲哭了出來。

琳達把戒指撈出來，用紙擦乾，可能是眞鑽石。她沒有想到偷心是那麼簡單。

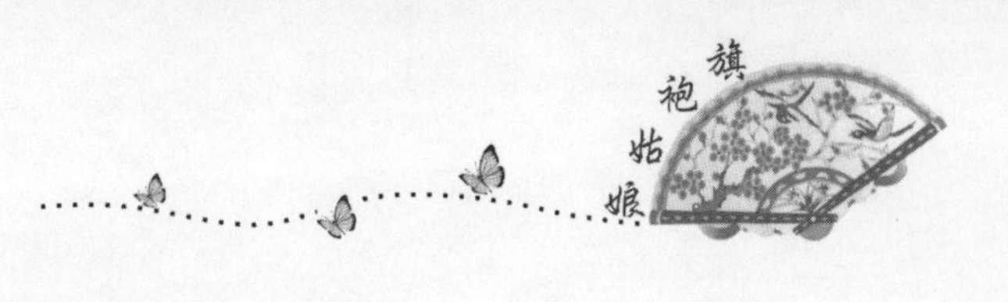

徵婚

劉十美離婚已經十二年了。從前不斷遭到性騷擾，現在四十出頭，又長胖了五十磅，加上臉上的一些雞腳印，沒想到人生中會有這樣的轉變。現在寂寞得發慌時，幾乎希望有人來「騷擾」她一下。

她常與好友張太交談，除衣食住行，題目總是男人，百談不厭。張太守寡五年了，五十開外，因爲有錢，穿著入時，首飾天天換，常使十美有自卑感，但二人在茶館談起男人來，她可以學習，可以解愁。張太是過來人，她說只要有錢，守寡也不難過。在上海，她可以常到錢櫃俱樂部去找男人陪坐，讓男人拍她的馬屁，說她美，都是胡吹，但聽來也舒服。

張太不贊成十美到美國去找老伴，她說美國的女人多，尤其在華人區，像樣的男人常有女人搶著請客、吃喝、看電影，在跳舞場上，高大一點的漢子伴舞要代價，長得帥的還宣佈要預約。她說：「在上海妳可以到錢櫃去買寶石，何必到五千里以外去找石頭？」

劉十美聽她說風涼話，總有些不舒服，今天她約張太在茶館聊天，胸有成竹，要證明錢可以買

一時的桃花運，但帶不來眞正的快樂。她在一位美國公司副總裁家裡做管家，管吃管住，待遇比大學教授還要好，還學了一口好英文，她也可以到錢櫃去找個帥男陪坐，但她認爲在男人身上花錢有失體面。而且，她毫無半老徐娘的感覺。有時她在鏡中照照，鴨蛋臉，眉清目秀，若是遠看，還稱得起是個「美人兒」。

今天她和張太太聊天的題目是徵婚，她劈頭就說：「女人過了四十，找個老伴是當前的急務。」她把最近收到的一份美國中文報給張太看。張太有些莫名其妙。「看什麼？」她問。

「徵婚廣告，」十美笑著說：「幫妳找個老伴。」

「我沒有那麼飢不擇食。」張太說，假裝不要看。

「看看也無妨呀！」十美說。

張太在一排一排的廣告上掃了一眼：「沒有照片看什麼？最要緊的是先看照片，照片來了還要找個算命先生看看相。現在世風不正，騙婚的很多。」

「我以爲樣子不那麼重要。」十美含笑著說。

「不重要？我有個朋友到美國去應徵，幾乎嫁了個醜八怪！」

「醜我不怕，」十美說：「年輕力壯最重要！」

「年青人娶半老徐娘靠得住嗎？」

「醜一點就靠得住。如果嫁了個老頭兒，房事不能，還天天這裡痛，那裡痛，要他幹嘛？」

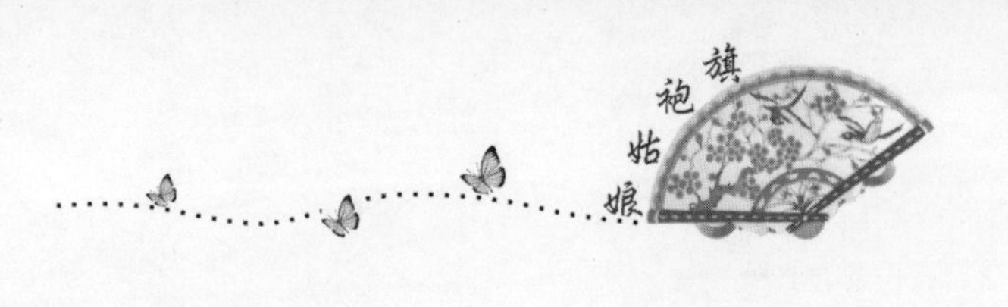

張太看著她直搖頭：「我女兒來信說，現在美國年青一點的人流行染髮、剃光頭、紋身及肚臍鑽洞，妳受得了？」

十美又笑了笑：「我是『雞』不擇食，什麼都不怕。」

「妳眞會說風涼話！」

「張太，妳是條件太多，妳應當放下屠刀，立地成佛！」

張太瞪著她：「看妳這樣不在乎，還忙著替我找老伴，妳自己呢？」

劉十美點了一支洋煙：「不瞞妳說，人人都有個美國夢，我的美夢不成功一半我不告人，現在可以公開了。」

說完她從皮包中取出一張照片給張太看。

「這是誰？」

「我的白馬王子。」

張太目不轉睛地看著那張照片：「不醜呀！」

「意外之財。」十美笑瞇瞇地說。

「不是他本人的照片吧？是不是他借來的？」

「貨眞價實，他在電話上發過誓！美國籍，洋房汽車都有！昨天又收到他寄來的飛機票。」張太拿著照片不忍釋手，羨慕得說不出話來。

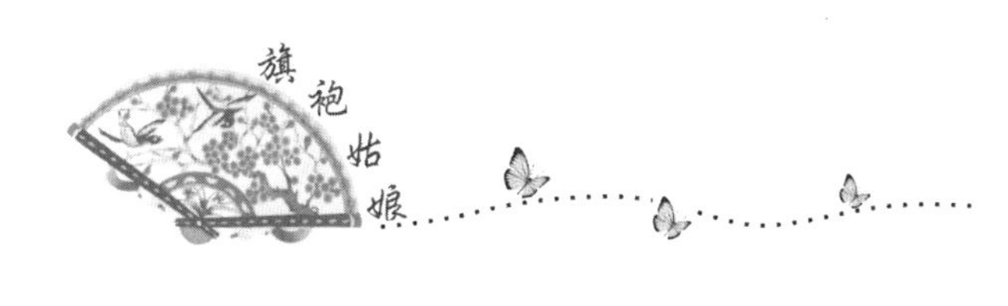

洛杉磯的飛機場滿天煙霧，劉十美下機後，經過兩小時的排隊檢查，終於提著大小行李出了飛機場，心裡又慌、又高興、又緊張。接飛機的人很多，她在人群中看見一個青年搖著一個告示，上面寫著「劉十美女士」。

她急急上前：「喂！我就是劉十美！」

「我是王瓊尼，」那個青年說：「我是王震華的侄子，請上車，請上車！」他提著她的大件行李就走，十美緊緊跟著。街邊停了一部豐田老爺車，行李裝車後，他又替她開車門，很有禮貌。

不久車開到一棟陳舊的小屋前停下，街邊長著野草，行人道有裂縫，但這座小木屋前尚稱整潔，幾棵玫瑰花小樹和在門前站崗的衛兵一樣，很有精神。

瓊尼替她開車門搬行李。「別看地方小，」他說：「叔叔有財產，你們結了婚就會搬新房子。」

「我不在乎，」十美說，心裡卻冷了一截：「有你這樣的侄子，你叔叔很幸福。」

瓊尼敲了幾下門，在門外叫：「叔叔，您的照片新娘來啦！」

王震華笑著開了門，他約六十餘歲，乾枯老頭兒，穿不合身的黑色西服，嘴上叼著一根香煙，他向劉十美上下打量一番。十美的心又向下沉了一截。

「不錯不錯，」他說：「歡迎歡迎！」

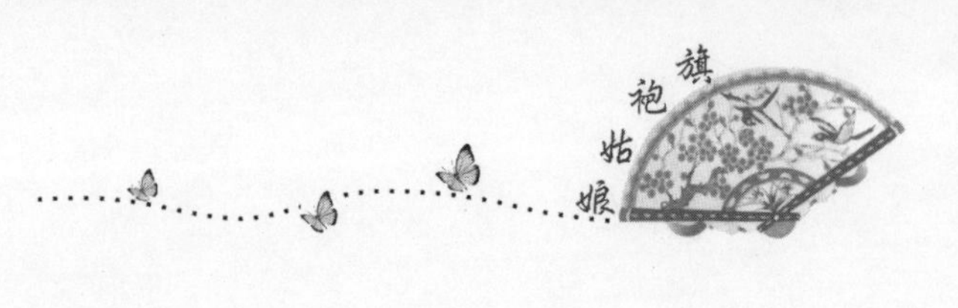

「請問貴姓？」她皺著眉問。

「我就是王震華，請進！」

「不對吧，」十美站著不動：「你跟照片不一樣呀！」

「是我是我，貨眞價實，你問我的侄兒。」

「是他的照片，」瓊尼插嘴說：「是二十年前照的。」

他剛說完，王震華就一手把劉十美拉進門去。瓊尼聳了聳肩，提著行李跟了進去。

房子小，但尙稱整潔，除中國紅黑木器外，還有幾盆假花。既來之，則安之，她心想。但王震華心很急，馬上要帶她到拉斯維加斯去結婚。

她要推託，叔侄兩人一大堆話把她說服了。婚後的房子很大，在高級區，鄰居都是富商和知識分子。王震華的兩個餐館也不遠。結了婚如果她願意，可以到餐館幫忙收錢，買新衣，買新汽車⋯。

那天下午瓊尼開車，到了拉斯維加斯已經天黑了，但燈碧輝煌，滿街行人，一番熱鬧繁榮景象使她精神漸漸振作起來。他們在一個小教堂結了一個「快餐婚」，然後在附近吃了一頓「快餐」洋飯，接著就在一間小旅館入洞房。

十美還在勸自己，忍著些，小氣不在乎，心好就行。他們夫婦在小旅館房間坐著對看了一會，劉十美愈看愈不舒服。等她低頭不看時，他說：「過來，過來，我給妳寬衣。」

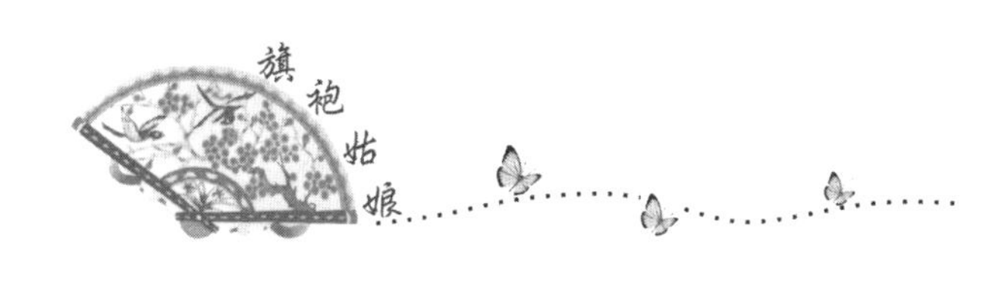

「不用，」十美說：「我自己會脫。」

「洞房花燭夜嘛，」他說：「這是新郎的責任。」

王震華把她一手抓住，替她解扣脫衣。十美半推半就，等到要脫內衣時，十美用力把他推開。

「我自己來，」她說：「你去換衣好了。」

他帶嘻帶笑地急著寬衣脫褲，她提起旅行袋兩眼望望天，無可奈何，鑽入了浴室，王震華色迷迷地看著她關門，然後打開了他自己的行李，取出手銬、繩子和一條皮鞭，好像一只餓貓捉到了一只老鼠，急得馬上要吃。

不一刻，劉十美穿了睡袍從浴室出來，他忽然大聲喝道：「丫頭。給我跪下！」

劉十美嚇了一跳。「你在搞什麼鬼？」她問。

「妳先做我的丫頭，我先打妳，事後妳再打我。」

「你發瘋啦？」

「哎喲，」他說：「這是新婚房事的序幕，來來來，包妳滿意！」

「真是見了鬼！去你的，」她沒說完就逃入了浴室，鎖上門，拒絕出來。

他勸了半天，敲門，苦苦哀求：「我的小寶貝，出來呀，開門呀！有話好商量呀！今天不做明天再說呀…！」

那晚劉十美在浴盆裡睡了一夜，第二天一早，瓊尼把他們開回洛杉磯，路上他們一句話都沒有

說。第二天她在中文報上找了個律師。律師說這是美國的什麼怪癖性行爲，法律是許可的。如果要離婚，要眞有虐待才行。律師說她可以把自己打傷，然後再去告他，不但可以離婚，還可以撈他一筆。

她在一家旅行旅館裡想了兩天，決定不去撈人家的錢，離婚就行，綠卡也不要了。她給上海的老朋友寫了封信：

「張太：遊完迪斯尼樂園和環球影城後，我馬上回國，將來還要請妳帶我到錢櫃去玩玩。」

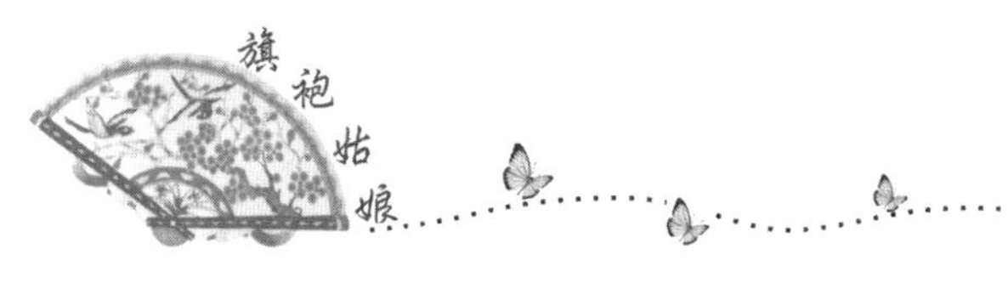

母愛

汪國興，一位美國加州大學畢業的電子工程師，是台灣汪太太的獨生子。汪太太守寡後移民來到美國小台北，把汪國興看成掌上鑽石，無價之寶，飲食起居，甚至婚姻，都是她一手包辦。兒子婚前婚後她都要每月到王神仙那裡去替兒子算一次，以求步步安全。

汪國興的妻子，琳達，年青不能作主，只好一切遵命，讓婆婆指揮。好在國興自己買了房子，而且夫妻都工作，逃避了天天有「母愛」的騷擾。

最近國興在腿上長了個毒瘤，同事給了他一張名片，新在小台北開業的彭醫生，專治無名腫毒。同事說彭醫生是加州大學醫學院的高材生，凡是不能開刀的腫瘤，他有特效「蛆治」法，已取得加州執照。

國興把彭醫生的名片帶回家，妻子聽說是用蛆來治病，打了個寒噤，把名片撕得粉碎，說如果丈夫要找「蛆醫生」治病，她會打包回娘家。

國興的毒瘤經西醫診治，兩周不癒，萬金油也用了好幾盒，毒瘤愈來愈大。母親汪太急慌了，

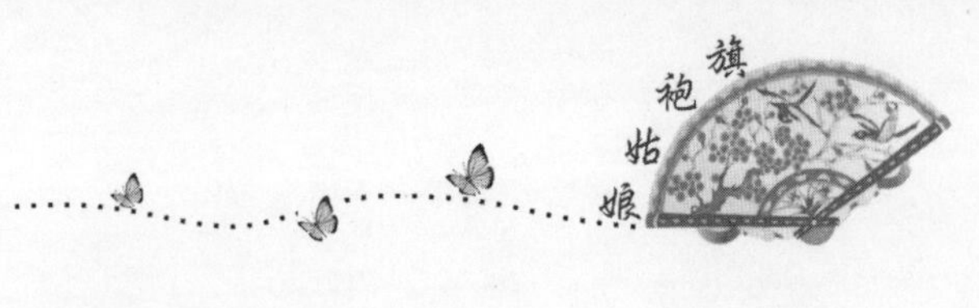

除加倍求神拜佛外，天天翻報找中醫 — 針灸醫師、跌打醫師、內功醫師，還有一位法師，她都帶兒子去看過，病情不見起色，最後經朋友介紹，找到小台北的有名西醫尤醫生。尤醫生一看，不斷搖頭，說毒已入骨，要救命必須割腿。

汪太一聽割腿就一頭暈倒在地，醒來後大鬧一場，把兒子帶回自己家，宣稱要重金禮聘神醫替兒子治病，並要親自日夜看護。她說早已替兒子算過八字，七月八月病魔纏身，九月大吉大利。

媳婦琳達一切聽從婆婆，但堅持要把丈夫接回自己家。汪太太勉强答應，但天天走訪，送菜送飯和補藥。琳達不勝其煩和婆婆吵了一架。汪太指著琳達的鼻子說她不懂母愛，等她自己有了兒女就會明白。汪太又提出不孝有三無後爲大。兒子結婚五年了，孫兒在哪裡？她天天禱告，還專程到台灣去過，向送子娘娘燒香叩頭，結果媳婦的肚子不大，兒子的腿卻長了個大膿瘡。若不是她的警覺和關心，兒子的腿都會被人割掉了。她滔滔不絕，指手劃腳，把媳婦說得面紅耳赤，跑到臥室，將門一鎖，放聲哭了起來。汪工程師也跟著哼嘆。汪太急得敲門不開，兒子也見不到，一氣回家向各親友寫信，報告兒子和媳婦的大逆不道。

第二天，她又去兒子家敲門，無人開門，兩部汽車都在，她知道媳婦拒絕見她。造反了，她叫著回家，到家就去打電話，媳婦一接就掛線。她又向台灣的長輩親戚寫信打電話，求個公道，並請了一個侄兒天天去打聽兒子的病情，搞清是不是媳婦在作怪，想把兒子害死騙遺產。侄子正好失業，每天爲姑媽奔走做偵探，好玩又有錢，做報告時還要吃一頓姑媽的拿手菜紅燒肉。

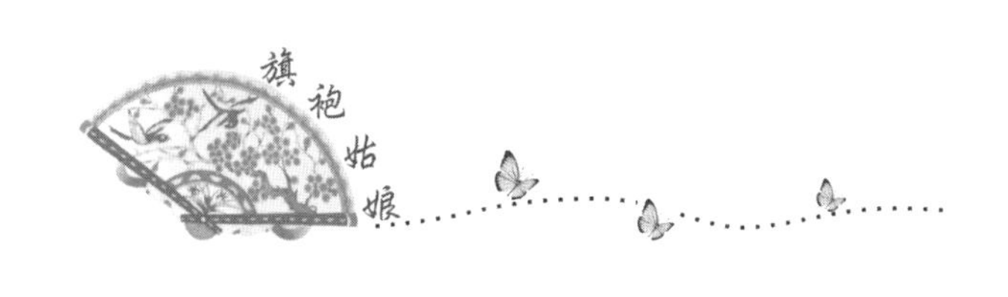

有一天，警察來了，給了汪太一張紙條。汪太不懂英文，給侄子看，Stepnen 汪看了兩遍，做了個苦臉。「姑媽，」他說：「這是警察送來的 Restraining order.」

「那是什麼？說中文！」汪太有些害怕地問：「是不是兒子死了？」

「表哥沒有死，可是我們不能再去他家敲門了。」Stepnen 費了些口舌，才把 Restraining order 解釋清楚，從此在五公里之內她不能去接近她的兒子，否則警察可以將她捉去坐牢。汪太一聽，氣得幾乎暈倒，她從來沒有聽過母親去找兒子有坐牢的罪。她壓制了怒火，知道這是洋鬼子國家，有理說不清，只好怪兒子不孝，偏要移民到美國，自己來還不夠，還要拖著老母同來受罪。

侄子說：「姑媽，您有我，我不會虧待您，您就把我當個兒子吧！」

汪太把自己關在家痛苦了半個月，天天打電話給親友訴苦，想罵美國又不敢，怕人偷聽，只好罵兒子和媳婦的不孝，但一邊罵一邊又掛念兒子，恨不得插翼飛到兒子身邊，看他的腿是好還是壞。她一想割腿就一陣心痛，但又自言自語地說：「割得好！天有報應！」

一天，電話鈴把她鬧醒了，她瞇著眼在床上拿起電話，一聽是兒媳婦的聲音，她又氣又喜，想先罵她幾句，但琳達搶先說了：「國興請您過來看看他，您有空嗎？」

汪太簡直不能相信她的耳朵，但她不能表示高興。她冷冷地說：「我怎麼敢？警察把我抓去坐牢怎麼辦？」

「媽媽，」琳達說：「您不要生氣，這是法官的命令，您也樂得休息了兩個星期呀！」

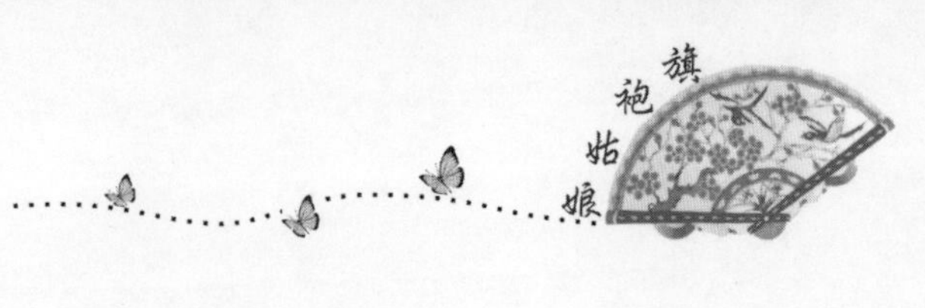

「我等於坐了兩個星期的牢，現在要我去看他，有什麼事？要分財產是不是？」

「您要不要來看看他的病？」

「他有病關我什麼事？先告訴我，他是不是還活著？」

「媽媽，請您快來，看他是死還是活！」

汪太原想讓侄子開車送她去看兒子，但侄子不可靠，等他來很費時，使她焦急，她決定自己開老爺車，跑得慢，很安全。但一到馬路上她就急踏油門，闖了一個紅燈，旁邊的汽車大按喇叭，有個老外還向她把中指向天一舉，罵了一句。她不懂英文，隨他罵，好在沒有警察看見，她慢了下來，心急又要小心，好不容易安全地開到了兒子的家。

兒子躺在床上，又白又瘦，她的心又痛了一把，一句話不說先打開被單看兒子的腿。琳達和一個戴金絲眼鏡的小白胖子，滿臉笑容地跟了上來。

病人的腿包了紗布。「媽，您好！」病人說，聲音微細，清瘦的臉上略帶笑容。

汪太嘆了一聲氣：「兒呀，」她說：「我就怕你只有一條腿，謝天謝地！」

「這都是彭醫生的功勞，」琳達說：「他把國興的腿快要治好了！」

小白胖子微微鞠了一躬：「我就是彭醫生。」

一隻小白蛆從病人腿上的紗布下爬了出來，彭醫生忙把它拿到掌上，向汪太說：「這就是您兒子的恩人。」

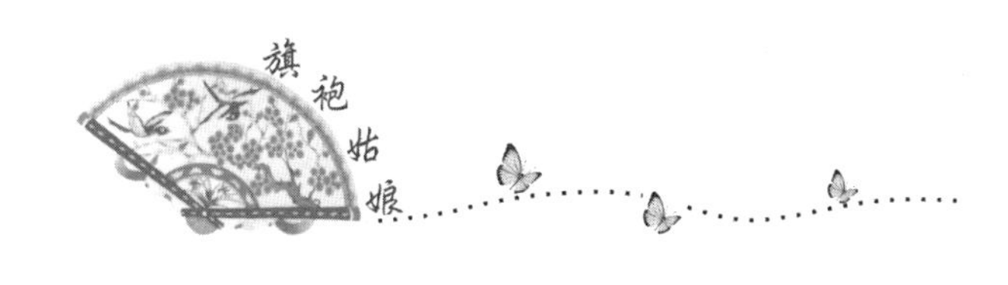

汪太看了看彭醫生手上的蛆，又看了看彭醫生微笑的臉，半天說不出話來。

「每兩天換五十隻，」琳達笑嘻嘻地說：「我已經用了好幾百蛆子了！這是彭醫生的拿手活，蛆子治療法。」

「這是醫學界在一九八二年發現的新治療法，到現在才公認有效。」彭醫生挺著肚子說，表情嚴肅而驕傲：「英國已經廣為推動，加州大學也在開始試用，不能開刀的腫毒就用蛆子代治。您看，這只蛆子好可愛。」

「不管它可愛不可愛，它救了我兒子的腿，我就愛它！」汪太太笑容滿面地說，她還把蛆子接過來，讓它在她的掌上亂爬。她向它「呵呵呵」地輕聲說：「餓了嗎？我要把你帶回家親自餵你⋯。」

彭醫生忙又將蛆子拿過來：「它只吃妳兒子腿上的毒菌，現在讓它歸隊工作。」說完彭醫生又把這只蛆子塞進病人的紗布下面去了。

彭醫生走後，汪太還有些懷疑，兒子說：「媽，放心，彭醫生說兩天後我可以起床走路，四天後可以去跳舞！」

「不要跳舞了，」汪太流著淚高興地說：「快花點工夫去生產，你們的媽還在等孫子呀！」

註：據美國《洛杉磯時報》報導。蛆子治療法(Maggot Therapy)已在英國一百四十五家醫院，美國二十二家醫院和診所用來醫治毒瘤。

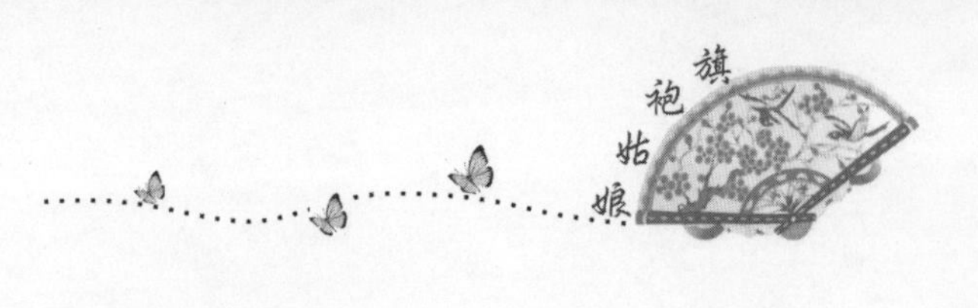

熊貓鑰匙鏈

石堅和他的太太芬芬從大陸移民來美，發現美國並非黃金之地。來了五年，在車衣廠打過工，餐館洗過碗，也做過管家，替人燒飯洗馬桶，似乎毫無前途，而歲月不等人，兩人都快三十了，一事無成。有時兩人還爭爭吵吵，是不是要回上海去擺地攤。聽說在中國發財的親戚愈來愈多，一位表姐在廣州街上賣牛仔褲，已經開了公司，產品外銷，而且買了賓士車，而他兩人還在開二手日本豐田，開了十幾萬哩，最近老爺車喳喳叫，宣布要拋錨了。

有一天，石堅說：「在美國只有做買賣才能發財。」

「做啥買賣？」芬芬問：「那來本錢？」

「大有大做，小有小做，」石堅說：「賣紙花和鑰匙鏈不要大本錢。投資五百元就可以開業，妳打工付房錢，我去跑腿，一年後包妳發小財，做小台北的紙花大王。」

經過三天的計劃和研究，芬芬同意去看護一位不能起床的老太太，石堅就從大陸貨的進口商處買了一批紙花和鑰匙鏈，天天到黑人和墨西哥人區域去推銷，因價錢便宜，一家老墨雜貨鋪答應寄賣。石堅鼓起如簧之舌，不久一家變成四家，寄賣變成現金收購，半年內居然生意做得比打工好，芬芬也辭了職，除管賬外還參加跑腿，擴張生意，他們計劃三年內賣珠寶玉雕，打開比利華山的闊佬市場，四年內買賓士車，四十歲前搬到比利華山去做闊佬。

目前，他們還在開那輛老爺車，在黑人和老墨地帶顯得很寒酸，二人決定換一部較新的二手車，跑了一周，他們買了一部林肯，華貴的牌子能表示成功，於生意有助，開起來也威風。

周末，他們兜風回來，開了一瓶香檳酒，慶賀換了車，更上一層樓。二人對飲，預祝下次買全新車，再下次買賓士。樓很高，慢慢爬，總有一天會爬上頂。

門鈴響了，來訪的是一位老墨，名片上印著許多頭銜，不是總經理就是董事長。他們同老墨打過許多交道，認爲墨西哥人不可小視。石堅忙把這位衣著整齊、帶著公事包的中年小鬍子請了進來，芬芬還給他倒了一杯香檳酒，抱歉說地方小，新買的房子馬上就要搬進去。石堅點頭，暗讚太太的英文大有進步，而且可以扯謊以增加身價，是個好買賣人。

「Carlor 先生，」石堅問：「不知有什麼見教？」

Carlor 的英文口音也很重，但石堅可以聽懂八九成。他說，他的妹妹在一家雜貨鋪工作，他發現他們的小熊貓鑰匙鏈很可愛，他願意大批收購，捐給慈善機關。說完，他認眞地又加了一句：「價錢一定要公道。」

「那要看你買多少。」石堅說。

Carlor 笑了笑。「每月要五百打，如何？」

石堅和太太抽了一大口氣，然後互相望了一眼，希望沒有聽錯。「這樣多，我們給你半價，十元一打。」石堅的聲音有些顫動，但馬上又強作鎮靜，喝了一口酒。

「要這麼多？」芬芬問，眼睛睜得很大。好像不大相信：「什麼慈善機關？」

Carlor 也喝了一大口酒。「你們要不要發財？」他問。

「誰不想發財呀！」芬芬笑著答。

「你們聽說過蛇頭生意吧？」

「聽說過，」石堅搶著說，搖著頭：「私運人口，我們沒興趣。」

「我們做的是慈善事，」Carlor 說：「如要參加我就解釋。」

「不參加。蛇頭運的都是美女，到美國來做按摩。我不知道那裡去找美女，我一生中只認識一位，就是我的妻子。」他轉臉向芬芬擠了擠眼，然後站起來身來，表示談判結束。

「老公，」芬芬說：「讓 Carlor 先生解釋一下，這到底是什麼慈善事呀！」

「好！」Carlor 舉杯又喝了一口酒：「我們不談蛇頭生意，只談慈善事。我們要買鑰匙鏈捐給一個聾啞學校，行嗎？」

「現錢交易就行。」芬芬搶著說，心想這樣大的生意不能隨便放棄。

「我們只能先買五百打試銷，」Carlor 一面說一面瞄著芬芬的腿：「先交一千定金，餘款交貨

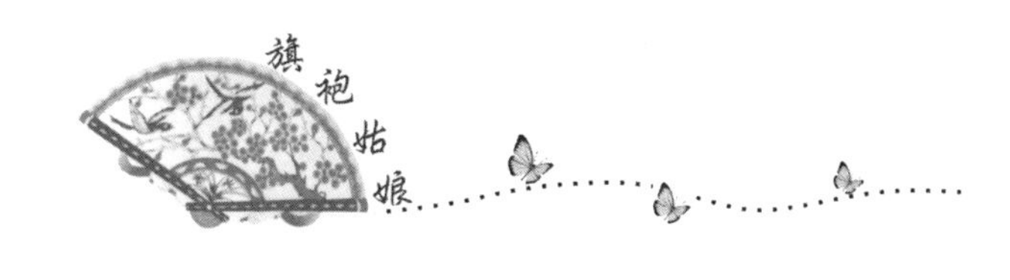

時付清，如何？」

Carlor 馬上開了一張支票，臨行時他還顯出拉丁人的手腕，把芬芬的美麗讚美了一陣。然後搖頭嘆惜地說：「可惜你們不能參加我們的集團，不然你們可以做股東，兩面賺錢，兩面賺錢！」

Garlor 走後，芬芬收好了支票，望著天花板自言自語地問：「兩面賺錢，那是什麼意思？」

「那還要問？」石堅哼了一聲說：「投資加入他們的蛇頭集團。芬芬，黑錢不要去想！」

賓士車到了貨，顏色是芬芬挑選的，金綠色，表示吉利，她放開音樂，把車開回家，心跳得厲害，她從來沒有這樣興奮過。她把車停在門前，豪華車，窮酸屋，十分不稱，但不久就要搬家，只希望在搬走之前沒有人偷車，好在裝了警鈴，也有保險，不怕。

她入室後坐在有霉氣的舊沙發上，夢想新居。美夢就要成眞了，她要感謝上帝，不，她要感謝鑰匙鏈上的小熊貓。她把拇指大的塑料熊貓重重地吻了一下。「小寶寶，」她細聲地說：「你給我們帶來了運氣，如果你有靈，我要每天燒香拜你，買金竹子餵你！」

原來她的計劃是三年發財，現在看來明年就要發了。老墨原定每月要買五百打，六個月以來已經增到三千打了。據 Carlor 估計，一年內可增至每月一萬打。她不知道什麼慈善機關要這樣多的熊貓鑰匙鏈，就這樣一件便宜貨就可以使他們一年內做美國闊佬。目前，三千打的盈利，已足夠在比利華山附近買那幢二房一廳的西班牙式紅磚瓦屋，三年後就可以再搬，打入比利華山那個舉世聞名的富人區。想到這裡，她不由自主地又把小熊貓重重地吻了一下。

外面汽車門一響，她心裡一陣興奮，等著石堅進來，讚美門前的新賓士。天已黑，石堅進來就叫累，但看見芬芬穿得特別漂亮，馬上抖起精神，坐在她身旁聞了聞她的頭髮。「好香，好肉感！」

「你心裡想的就是色，」她笑著說：「外面的好東西你都沒有看見！」

「什麼好東西？」

「我們的新賓士，五萬四千標價，五萬塊買來了，兩年還清。」

「五萬？怎麼買得起呀？」石堅睜大了眼說。

「我們每月的盈利有五千多，你算算！」

「分期付款要欠一屁股賬，我睡不著覺！」

「Garlo 說年內他可以增到每月一萬打。房子我都看好了！明天帶你去看！」

「芬芬，老美常說，不要去數還沒有生出來的蛋！」

「不要那麼膽小！以後不要叫我芬芬。我們要用洋名。從此你叫 Paul，我叫 Mary。Paul 石就是寶石，Mary 石就是美麗石，又吉利又好聽！」

「我喜歡芬芬。」石堅說。

「芬芬不吉利！等於是兩分錢！石堅這個名字更糟，有老外常叫你 Jane 石，以爲你還是個女人呢！」

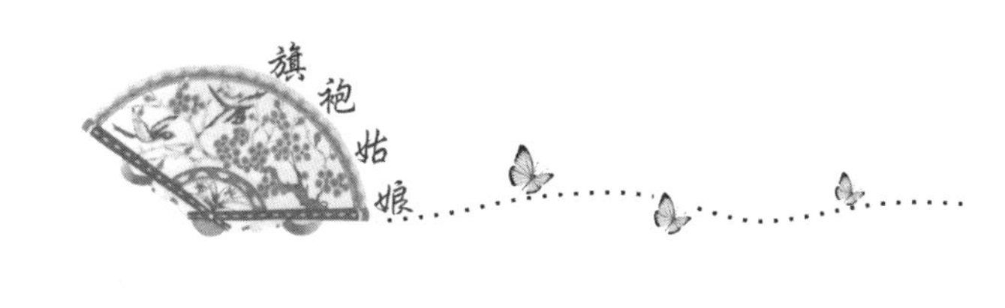

「女人？你看我是女人還是男人！」他一手把她拖到懷裡要吻她。她把他推開，站起身來。「不要碰我！」她說：「外面的新車你也沒有看見，新房子你連看都不要看，給你取名你也不要，我做的事你樣樣都不欣賞！一天到晚你想的就是色！」她氣著跑進了臥室：「砰」一聲把門重重關上。

在他們冷戰期間，二人還是在努力工作，無名慈善機關已將鑰匙鏈由每月三千增到四千了。利益愈多，冷戰也漸漸溶解，有時他們還有說有笑。他們原要的房子也沒有買，芬芬認爲不夠好，還在物色更大更好的。

有一天，石堅匆匆回家，把報紙在咖啡桌上一攤：「天塌下來了。」他說完在沙發上一躺，皺著眉，閉著眼。

「什麼天塌下來了？」芬芬好奇地問。

「看報！」他說。

芬芬忙把報抓起，心開始在跳，報上的頭題是：《墨國人蛇集團，偷渡聾啞人來美，集中奴役剝削，悲慘世界曝光》

芬芬把新聞一氣看完，原來所謂的慈善機關就是這人蛇集團，把墨國的聾啞婦人、小孩偷境來美，分散在美國各大城市賣熊貓鑰匙鏈，每只兩元，而聾啞人只得兩分，如一天賣不到一百只，還

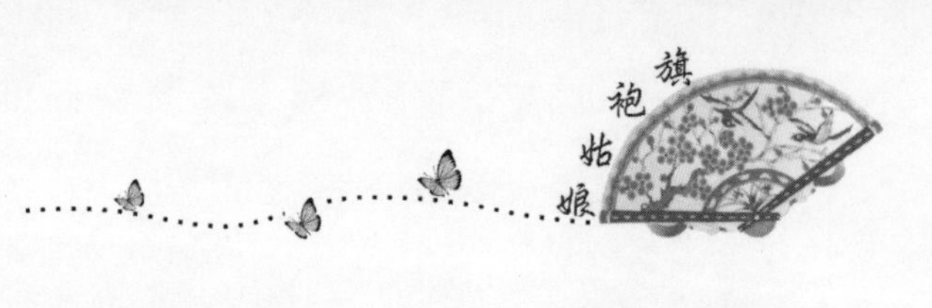

要挨餓挨打，慘不忍聞。最近有人告密，在洛杉磯破案，捉到七嫌犯，Carlor 在內…。

芬芬看完，瞪著她老公，半天說不出話來。最後她問：「是誰告的密？我要找他來算賬，這個混蛋把我們的美夢…。」

「是我告的。」石堅一絲不動地說：「我做了調查，把 Carlor 看穿了。」

「你？」

「黑錢不能要！」

「我們已經買了賓士車…。」

「我問過，可以退回，每月補繳租金五百元就行。」他睜開兩眼，長嘆一聲：「無債一身輕，來來！來抱抱我…。」

「去你的！」芬芬說，哭著跑進臥室去了：「砰」然一聲關了房門。

石堅躺回沙發，心中一陣難過，他這一做，不但發不了財，還可能打破了自己的婚姻。他左想右想愈想愈惱火，幾乎想打自己一個嘴巴…。

他正要蒙蒙人睡，芬芬從臥室出來了。她坐在他身邊，搖了他一下。「Paul，」她說：「我想開了。我們的問題是，我急著要發財，你急著要做愛。我們可以來個折衷辦法。」

他半懂不懂地問：「妳先折衷還是我先折衷？」

芬芬笑而不答，伸手開始解他的襯衣扣子…。

(請沿虛線剪下)

234

台北縣永和市保福路2段50號2樓

瀛舟出版社收

請用阿拉伯數字書寫郵遞區號

通訊處：市縣 鄉鎮市區 路(街) 段 巷 弄 號 樓

寄件人：

請貼郵票

瀛舟叢書讀者服務卡

謝謝您購買這本書，爲了提供更好的服務，敬請詳塡本卡各欄後，寄回給我們（請貼郵票），您就成爲本社貴賓讀者，將不定期收到本社出版品、各項講座及讀者活動等最新消息。

您購買的書名：________________

購買書店：______ 市/縣 ________ 書店

姓名：________ 年齡：________ 歲

性　別：□男 □女　　婚姻狀況：□已婚 □單身

通信處：________________

電話：________ 傳眞：________ Email：________

職　業：□製造業 □資訊業 □大眾傳播 □公
□服務業 □自由業 □農漁牧業 □教
□金融業 □學生 □軍警 □其他

教育程度：□高中以下 □大專 □研究所

您習慣以何種方式購書？
□逛書店 □劃撥郵購 □電話訂購
□傳眞訂購 □團體訂購 □銷售人員推薦
□其他 ________

您從何處得知本書消息？
□逛書店 □報紙廣告 □廣播節目 □書評
□親友介紹 □電視節目 □其他 ________

建議：

（請沿虛線剪下）

瀛舟出版社

電話：(02) 29291317　傳眞：(02) 29291755

e-mail: enp_tw@yahoo.com.tw

黎錦揚作品

旗袍姑娘

Manchu Gown Lady

作　　者 / 黎錦揚
社　　長 / 趙慧娟
總 編 輯 / 阮文宜
內文排版 / 方學賢
法律顧問 / 趙飛飛 律師
出版發行 / 美國瀛舟出版社 (Enlighten Noah Publishing)
地址：3521 Ryder Street, Santa Clara, CA 95051, USA.
電話：1- 408-738-0468
傳眞：1- 408-738-0668
電子郵件：info@enpublishing.com
台北瀛舟出版社
地址：台北縣永和市保福路 2 段 50 號 2 樓
電話：(02) 2929-1317
傳眞：(02) 2929-1755
郵撥：19573287
總 經 銷 / 時報文化出版企業有限公司
地址：台北縣中和市連城路 134 巷 16 號 5 樓
電話：(02) 2306-6842
初版日期 / 2002 年 10 月
國際書碼 / ISBN 1-929400-63-2
定　　價 / NTD 180.00
登 記 證 / 北縣商聯甲字第 09001622 號
印　　刷 / 世和印製企業有限公司